北京楚尘文化传媒有限公司 出品

我家猫大人不可能这么可爱

傲娇喵皇调教铲屎官

[美] 帕特里夏·卡林 Patricia Carlin 著
[美] 达斯廷·芬斯特马赫 Dustin Fenstermacher 摄影
殷丽君 译

中信出版集团 · CHINACITICPRESS · 北京

提款机
请插入
$你家的猫$

萌图与视频

晒出明星梦

特此声明

没有任何猫咪、蝴蝶、小狗或其他生物因本书受到伤害。就算某些伤害动物的行为可能达到有趣的效果（或能增进商业利润），作者及出版社也绝不会容忍。

我们爱猫！

目录

序

拥抱你的命运

若干年后的某天，你的孙子孙女会问起，你靠网络招财猫赚到的大笔财富在哪里。“爷爷，奶奶，”他们用可爱的声音叽叽喳喳问，“我们什么时候可以花那些钱？”

你会告诉他们，钱都存着准备当你们的教育基金？还是说，都换成千元大钞藏在你们的床垫底下了？又或者，你到时不得不向他们承认，你空有一只猫，却错过了互联网猫咪视频爆红的黄金年代，成为全世界唯一没赚到那笔钱的白痴？

如果你是后者，那这本书就是提醒你赶快醒来赚大钱的闹钟。从最早的穴居时代的壁画，到后来照相技术的发明，猫咪的身影总是让人类着迷不已。而现在，多亏了网络，不管对方是不是想看，人们都可以随时分享自家猫咪的照片和视频。

想从这种毛茸茸小生物的身上分一杯羹，大好时机就是现在。事实上，现在才跟上都已经有点晚了，网络上已有众多大受欢迎的猫咪，像是天花板猫（Ceiling Cat）、纸箱猫（Maru）、吐舌猫（Li'l Bub）和不爽猫（Grumpy Cat）。它们的主人对21世纪全球经济的法则已经了然于胸，这个法则可以用一句话来总结：

没有其他投资机会的报酬率会比你的猫来得高。

不相信吗？看看现今的经济情势，然后问问自己：往哪里投资可以有更好的回报呢？股市？拜托。共同基金？你连那是什么都搞不清吧。存款？你是八岁，才刚办到第一本存折吗？现在该是认真看待未来的时候了，你要是不孤注一掷将你家猫咪打造成互联网宠儿的话，就等于为自己的财务状况挖了一个坑，总有一天成为你的坟墓。

好啦，现在你心里可能这么想：“我又不是华尔街的投资者，我只是个连银行卡都常插反的普通笨蛋。”就算真是这样，也没道理就不能心怀期盼，利用你家猫咪天生的招财潜力，说不定真的能出乎意料地达成不可思议的结果。你不必是和巴菲特一样的投资天才，你的猫也不必多聪明、能干，甚至不必长得多漂亮。事实上，你可以利用你家猫咪外形和行为上最糟糕的缺点，来作为营销的噱头。

这条路并不好走，事实上，甚至还称不上是条路，比较像是一条要打着紫外线灯才看得到的尿迹。你将面对某些与猫相关的特殊险境，像是猫爪热、猫爪攻击、呕吐出的猫毛球和时不时的嘶吼尖叫。因为你的猫极有可能是一只非常懒惰的生物，大部分时间只想睡觉，所以你必须为你们两个付出加倍的努力（这样合起来就是四倍的努力）。如果想让你的猫变成名利双收的网络红人，你必须同时是星探、公关人才、经验丰富的制作人、目光锐利的导演，还得是优秀的剪辑师和一丝不苟的经纪人。

这绝对会非常辛苦，但想象一下置身于一个鸡尾酒会，当你脱口说出最新影片的浏览人数时，那些百万富豪不可置信地喷出嘴里的酒的样子。一切都值得了。

配件很重要！
玻璃杯=高级
马丁尼猫

第一章

发掘你家猫的明星特质

你以为你了解自己的猫，但真的如此吗？新泽西州贝永市的杰拉尔德·温德森本来也自以为很了解他的猫咪“粉笔”，但有一天，他看见自己那只肥嘟嘟的灰色短毛猫在一块蓝色毯子上打盹，才忽然心生一计。现在，云端飞天猫（Cloud Cat）已经成为网络上一夕爆红的宠儿，Photoshop 处理过的照片在从香港到新泽西的哈肯萨克市的天空上漫天飞舞。它有句名言：“喵，底下的天气如何？”（Meow’s the weather down there?）你一定不陌生吧。你家的猫肯定也拥有某种足以让它一夕爆红的特别天赋或古怪特征，只是需要你去发现而已。

如何辨识你家爱猫的特殊天赋

想要辨识你家爱猫的特殊天赋，最简单的方法是什么？只要记得这个缩写 OBISTPHYBEHO，意思是：观察（OBserve）、辨认（Identify）、研究（STudy）、外形（PHYsical）、行为（BEhavioral）、诚实（HOnesty）。整个体系运作如下：

第一步｜观察。你要花时间盯着看，才好评估你家爱猫的潜能。将你的猫放置在一间光线良好的房间，从各种角度检视它，动作要缓慢，以免吓到它。对于这只猫，你必须要熟悉到一群猫并排做嫌犯指认时（别以为这种场景绝对不可能发生）也能一眼认出它的程度。

第二步｜辨认。要想辨认出你的猫最值得注意的特征，你必须对自己提出几个困难的问题。你的猫凭什么成为网络宠儿？为什么一个陌生人会想在Facebook（脸书）的动态消息上为它大做文章？要记得，你的爱猫在同一块版面上的竞争对手可是刺猬、熊猫、小婴儿和《圣经》名言佳句，它可以提供给大家什么？把所有的想法全记下来：爱做梦的眼睛、甜美的喵喵声、双色的毛皮，还是边吃东西边放屁的特技。

第三步｜研究。研究你在第二步所记下的东西，你觉得合理吗？还是你根本没记笔记，那就请你回头重复步骤一和二。

第四步｜注意它的外形。把你的猫想象成一件物体，譬如一件精致的雕塑，或一堆臭袜子。它的最佳角度是哪里？它有角度可言吗？它的大部分缺点是不是都只集中在身体的某一侧？你的猫需不需要洗牙、梳毛，或洗个澡呢？

第五步｜注意它的行为。一只猫要成名，外表不是唯一的机会。它的行为动作也是。

不过这可能非常难以评估，因为在百分之九十九的时间里，大部分的猫根本动都不动。等等，说不定有哦，靠近点仔细看它打哈欠的时候，胡须抽动的样子搞不好很好玩，又或者，它拍打尾巴的节奏刚好和拉威尔的波丽露舞曲[1]很合。有客人来访时，它的哪些行为会让客人觉得很妙吗？譬如，有客人说过你的猫很像20世纪70年代美国女星阿格妮丝·摩尔海德（Agnes Moorehead），说它咬电线的样子很可爱，或说它被碰的反应敌意满满吗？好莱坞会用小团体座谈的方式来测试电影是否受欢迎，你也可以试试看，把一小群信任的亲朋好友骗到你家来，让他们和你的猫共处一室几个小时。别忘了做心得笔记。

> 在互联网名猫的世界里，负面性格似乎反而大受欢迎。

第六步｜诚实。你很可能因为太爱你的猫，因此看不出来它其实缺乏令人兴奋的卖点。你觉得你家的猫世界无敌可爱，但其实它是一只丑八怪。你感觉自家猫是史蒂芬·霍金级的超级天才，但事实上它连被困在纸袋里都找不到路出来。但别丧气！在网络名猫的世界里，负面性格似乎反而大受欢迎。得知自己的猫丑不拉几、笨拙又不讨喜，难免令人伤心，但这并不代表它无法赚进大把钞票。

1. 波丽露舞曲：法国作曲家拉威尔的最后一支舞曲作品。

对于自己心爱的对象（即使这个对象会潜伏在小鸟后面扑杀为乐），有时候真的很难用批判的态度去检视。所以请继续往下读，学习如何判定你的猫属于哪种特殊技能类型。要是你能找到答案，那就可以准备编织新的梦想了，因为你原有的梦想通通都会成真啦。

你的猫是谁？
辨认你的猫咪类型

想让一只猫咪成功延续名气的方法有很多，关键在于要了解，以你家爱猫的天赋，可以在网络生活的大舞台上扮演什么角色，哪种模式最适合它，哪个位置它待起来最安然自在。简言之，找出它属于什么类型。以下是一份在科学上有理有据的清单，列出了所有可能的猫咪类型——所有具备招财潜力的猫——里面囊括了各种鲜明的特征，帮助你为你的猫找出最适合的类型。

你的猫是甜心小宝贝型的？

· 你会用“毛茸茸”这个字眼来形容你的猫吗？

· 这只猫就连接近再普通不过的东西，也会做出一副惊奇的模样吗？

· 只要有它在场，你就很难维持惯有的那种冷嘲热讽状吗？

如何对付甜心小宝贝型的猫 | 对待这样的幼猫要很温柔。它既弱小又敏感，说不定连骨头都还没完全发育好呢，或许还没准备好面对社交媒体的残酷世界。

但换个角度来说，锵锵！相机爱死幼猫了！你的影片基本上不用宣传也会大受欢迎。不过，这段甜心小宝贝的幼猫期为时非常短，所以要趁这个小家伙容貌改变前尽可能多拍一些影片下来。

如何拍摄甜心小宝贝型的猫 | 重点聚焦在它的可爱，利用家里的日常用品来衬托出它的娇小身材，试试看将它放在烈酒杯、衬衫口袋、长筒袜或婴儿围兜里面。你也可以特别强调它的行动笨拙和弱小，用一条手帕把它整个包起来，它有办法自行脱困吗？最后，可以试着强调出甜心型的幼猫对周遭世界的稚嫩无经验，一边引导它去认识神奇的世界——窗户、狗、水龙头、影子——一边趁机打开摄像机的开关。

甜心小宝贝猫

趁它还没变身成
可怕的野兽，
赶快让它出名。

又懒
又胖
是泰然有智慧，
或者纯粹只是个
懒散的大胖子？
弥勒佛肥肚
糖果

你的猫是胖懒型的？

- 你是否帮你家的猫测量过心跳？
- 你的猫连食盆里离它远一点的食物都懒得吃吗？
- 它会任由老鼠在身边逍遥跑跳吗？

如何对付胖懒型的猫｜可别把这种类型的猫误认为废柴，你只需要学会一些小诀窍，就能利用它的懒散赚大钱。譬如说，你可以把你的猫包装成电影《小人物雷鲍斯基》（*A Little Lebowski*）里那个活在白日梦里、懒散的街头混混胖子。各地办公室里的悲惨工作奴隶，一定能从它懒散、无所事事的模样，得到补偿的快乐。或者，它的体型很像弥勒佛，那它可以扮演一个沉静与平和的智者，来启发我们所有向往躲避现代生活忙碌步伐的人。

如何拍摄胖懒型的猫｜用各种不同的刺激挑拨它，检验它的反应，来测试它冷淡程度的极限。像是吓人箱、肥皂泡、电子音乐、蜘蛛猴（如果你没有蜘蛛猴，那用蜘蛛兰也可以，拿叶子在它周围晃荡），或是咔咔响的假牙、你的老奶奶、玩偶、圣歌、链锯等都可以试试。这个方法的妙处在于，如果你的猫真的出现反应，你就拍到了一个成功的影片，但如果它没反应，那接下来好几个月，你都可以利用这个挑战来勾住观众的心。全世界都会好奇，到底要用什么方法，才能让这只猫移动它的大屁股？

你的猫是恶霸型的？

· 它走起路来大摇大摆？

· 你如果想摸摸它，就等着被抓到见血？

· 你曾有被它从沙发上赶起来的经历？

如何对付恶霸型的猫 | 要知道，不一定要又大又壮才能当坏蛋，你看武打明星诺里斯（Chuck Norris）[1] 也才 165 厘米而已。关键在于气势和威胁感。你的猫版诺里斯招牌回旋踢，可以换成哈气、怒瞪、不请自来占据你的大腿，或是在楼梯上与你狭路相逢时拒绝让路等。将它这些恶行公之于世，钱就自动滚滚而来了。（不过有一点要先警告，这可能会让你的猫越来越嚣张。）

如何拍摄恶霸型的猫 | 恶霸猫需要有个人或东西作为使坏的对象。所以你可以将其他动物放置在它周围（如果这些动物的紧张状态能够突显出它的凶狠特质，那就更好了）。让它置身在照理说应该会害怕，但你知道它只会被触怒的处境，像是看兽医，参加小孩的生日会，启动扫地机器人等。拍摄你帮它剪指甲，或把它抱进猫提篮的场景。适合它的配件有枪套或无袖 T 恤，并且拍下你帮它穿戴时的画面。

1. 查克 · 诺里斯：美国著名动作明星，演员、电影制片人，曾与李小龙一同出演《猛龙过江》。

超级
恶猫
用长镜头拍，
这样才不用靠它太近。
DOG

惹是生非！
在它进行特技演
出时，请雇用运
动解说员来做实
况报道。
老天爷啊!!
高
低

你的猫是惹是生非型的？

· 虽然说不算经常，但它偶尔会立起身行走？

· 当你听到玻璃破裂的声音，第一个想到的就是它？

· 它经常待在你够不着的地方？

如何对付惹是生非的猫丨你的猫像是一只吸毒成瘾的嗨咖，每一次安全过关的惊险特技动作，都会让它疯狂地想寻找更刺激的挑战。太棒了！它对于创意冒险的狂热偏执，将让你得以轻松完成任务。但要注意，就和它不受拘束的生活方式一样，它的自嗨也是说来就来，所以你得随时准备好，才能捕捉住精彩镜头。至于缺点呢？这种惹是生非型的猫受伤和死亡的风险会很高。帮它准备一顶小巧的防撞安全帽或许会有帮助（重点是很可爱）。你不妨替家里这只活宝买足够的死亡和失能保险，还可以抵税哦（应该吧）。

如何拍摄惹是生非型的猫丨布置一个经典的捣蛋场景，然后看看会发生什么。譬如说，将十罐可乐规律地排成一直线，最尾端放一辆和猫差不多大小的玩具摩托车，将摄像机架在可以拍下全景的位置。等这只捣蛋猫进入镜头范围便开始拍摄，记录下它一路撞倒可乐罐、摩托车，跃上窗帘、爬到天花板处，然后一扭身降落在吊扇上的实况。

你的猫是小丑型的？

· 其他猫似乎觉得你的猫很好笑？

· 连进行跳上窗台这样最普通不过的任务，这种猫都能搞出一连串夸张的笑料？

· 它是否和某位喜剧演员、滑稽小丑或搞笑艺人很像？

如何对付小丑型的猫丨从猫咪神秘、难以预料的行为举止来看，你会以为它们必定是来自一个比人类更玄妙、形而上的世界。不过等你见识过这种花上四十分钟时间才从麦片盒子脱困的猫之后，就不会这么想了。没错，和这种好笑的猫在一起的时光总是充满欢乐。但别忘记，欢乐时光没法拿来付房租，所以当你的猫企图用手掌粘起一块冰块的时候，别光顾着笑而忘记捕捉下神奇的喜剧画面。

如何拍摄小丑型的猫丨肢体的喜感是这种猫的强项，所以就顺势而为。在它周围放满可以和它互动、刺激它反应或绊倒它的物件，像是卷筒卫生纸、毛线球、装满弹珠的水盆。除此之外，还可以试着留一块香蕉奶油派在台子上，或者放一块香蕉皮在它可能踩到滑倒的地方。

好笑的
耳朵

BIANG！

小丑

好笑的胡子

哈哈哈！

喵咿！

好笑的舌头

彻底白痴

蠢

蠢

蠢

一 会吃橡皮筋

一 当心触电意外

你的猫是个彻头彻尾的白痴？

- 你的猫经常认不出你是谁？
- 它曾经吃过猫砂盆里的东西？
- 它连“喵”这个字的发音都有障碍？

如何对付白痴猫 | 在你决定领养一只猫的时候，心里一定期待未来共享生活的会是种比较高等级别的动物，猫这种生物应该比仓鼠或巴吉度猎犬来得聪明机灵吧。但很不幸，所有物种里都有让同类蒙羞的异类。人类里有唐纳德，猫界的代表就是……你家的猫。你想想，哪个物种没有扯后腿的呢？所幸，智力不足并不妨碍成功！大众就是喜欢白痴明星（一时之间想不到例子），所以你家可爱的蠢呆猫天生就是吃这行饭的。

如何拍摄白痴猫 | 最有胜算的做法是，强调它不像猫的特质，譬如说笨拙、差劲的理毛技巧或怕老鼠等。鼓励它展现迷人的怪癖，像是被自己尾巴吓到之类。把它放在一个可能出糗的状态，让它做出蠢事，比如踩到另一只猫的头上，舔镜子里自己的影像。或者让它和其他技巧高超的猫一起进行对抗赛，像是乒乓球、溜溜球和闪避小孩比赛。

你的猫是万人迷型的？

- 你的猫广受同性猫咪的羡慕、异性猫咪的欢迎？
- 就算它犯下滔天大错，你也会因不忍心处罚，而让它从容脱身？
- 你是不是常怀疑，人们和你在一起的目的只是为了接近你的猫？

如何对付万人迷型的猫 | 不要嫉妒它的美。你的猫是受到上天的恩宠，才能长得一副天使的脸孔和人人想抱的身材。它是在遗传基因上中了乐透大奖，而你……身为它的主人，就等于拿到了富贵列车的车票。好好享受一路的旅程吧！车票代价：定期毛发、指甲、胡须美容。

千万记得：你家猫咪的美丽外表 = 你的养老金。

如何拍摄万人迷型的猫 | 帮它在 YouTube 上建立一个专有频道，然后就可以跷脚纳凉，等着看点“赞”的人数迅速攀升了。要不了多久，代言合约就会如雪片般飞来。要注意只能接形象正面的产品，别拉低了它的形象……开玩笑的！有钱来就要紧紧抓住啊！不过，要是你的猫谈恋爱的话，记得要保持低调，务必让所有的观众幻想这只猫美丽的眼睛只注视着自己。

万人迷

XOXO

超梦幻！

…啊！

帅翻了！

一毛发和胡须的造型千万别马虎。

恐怖丑八怪

— 在恐怖惊叫声中登场

— 几乎看不出来是猫

— 帮影片配上恐怖音乐

噩梦制造机

你的猫属于恐怖丑八怪型？

- 自从养了这只猫后，你的食欲明显下降？
- 这只猫的脸，譬如双眼或毛色，是否不对称？
- 它是否曾被误认为吸血怪？

如何应付恐怖丑八怪型的猫 | 大自然意外创造的怪物，通常在一出生时就会被淹死，这个错误会被群体实时剔除。一旦这种制衡机制没有发挥作用，这世界的审美观便会岌岌可危，濒临崩溃。试想看看，在一幅美丽的风景画里安插一只丑陋的野生动物，有什么好处呢？这点就算是自然主义作家梭罗也会同意吧。不过，你很好运，你的猫算是打破了这个规则。而且幸运的是，就算是最丑最畸形的猫，在网络上的事业也能长寿辉煌。人们就是爱看你的猫，爱被它吓破胆，就像喜欢恐怖电影和死亡金属乐团演唱会一样。只要屏幕一关掉它就会消失，大家就会继续捧场。

如何拍摄恐怖丑八怪型的猫 | 要善用你的猫咪所激发的厌恶感。只要带它到一条人多的街上溜一圈，拍摄下过往行人自然的反应就行了。挑下课休息时间从小学校园旁边经过，把尖叫声捕捉下来。或者，可以试着复制某部经典恐怖电影的场景，让你的猫出演反派主角，像是《惊魂记》里的淋浴场景（你的猫是疯子贝茨），或者《沉默的羔羊》（你的猫是杀人魔汉尼拔）和《象人》（你的猫当然是象人梅里克）。

你的猫是经医生确诊的神经病？

- 你的猫好像受到某些看不见的力量的操纵？
- 它是否曾经想攀爬事实上不存在的树？
- 它是不是曾经用“你才是神经病”的眼神看过你？

如何应付神经病型的猫｜和一只身心失衡的猫共同生活，保证绝不会无聊。而且只要你小心安排，就算是一只神经病猫，也能在猫影片的世界中闯出一番事业。毕竟，娱乐界充满了查理·辛（Charlie Sheen）[1]、克利斯汀·格拉夫（Crispin Glover）[2]、兰迪·奎德（Randy Quaid）[3]这类神经兮兮的家伙。他们都能混得下去，你的猫凭什么不行。

> 和一只身心失衡的猫共同生活，保证不会无聊。

如何拍摄神经病型的猫｜为了控制这种猫脆弱的神经，你在拍摄时需要清场。别把剧本设定得太死，只要让你的猫自然地展现它超吸睛的疯狂行径就可以了。最好的方法是采取纪录片的形式。参考《灰色花园》（*Grey Gardens*）、《帝企鹅日记》（*March of the Penguins*），或者气氛诡异的《大木偶剧院》（*Grand Guignol theatre*）等片，不需要太多的修饰渲染。后期制作时不妨加入一些动物心理学家的评论。

1. 查理·辛：美国演员，主演《好汉两个半》。
2. 克利斯汀·格拉夫：美国演员，主演《驭鼠怪人》。
3. 兰迪·奎德：美国演员，主演《弗兰肯斯坦》。

凝视虚空
经医生
确诊已疯
坚果
—有必要时请
找动物心理
医生咨商

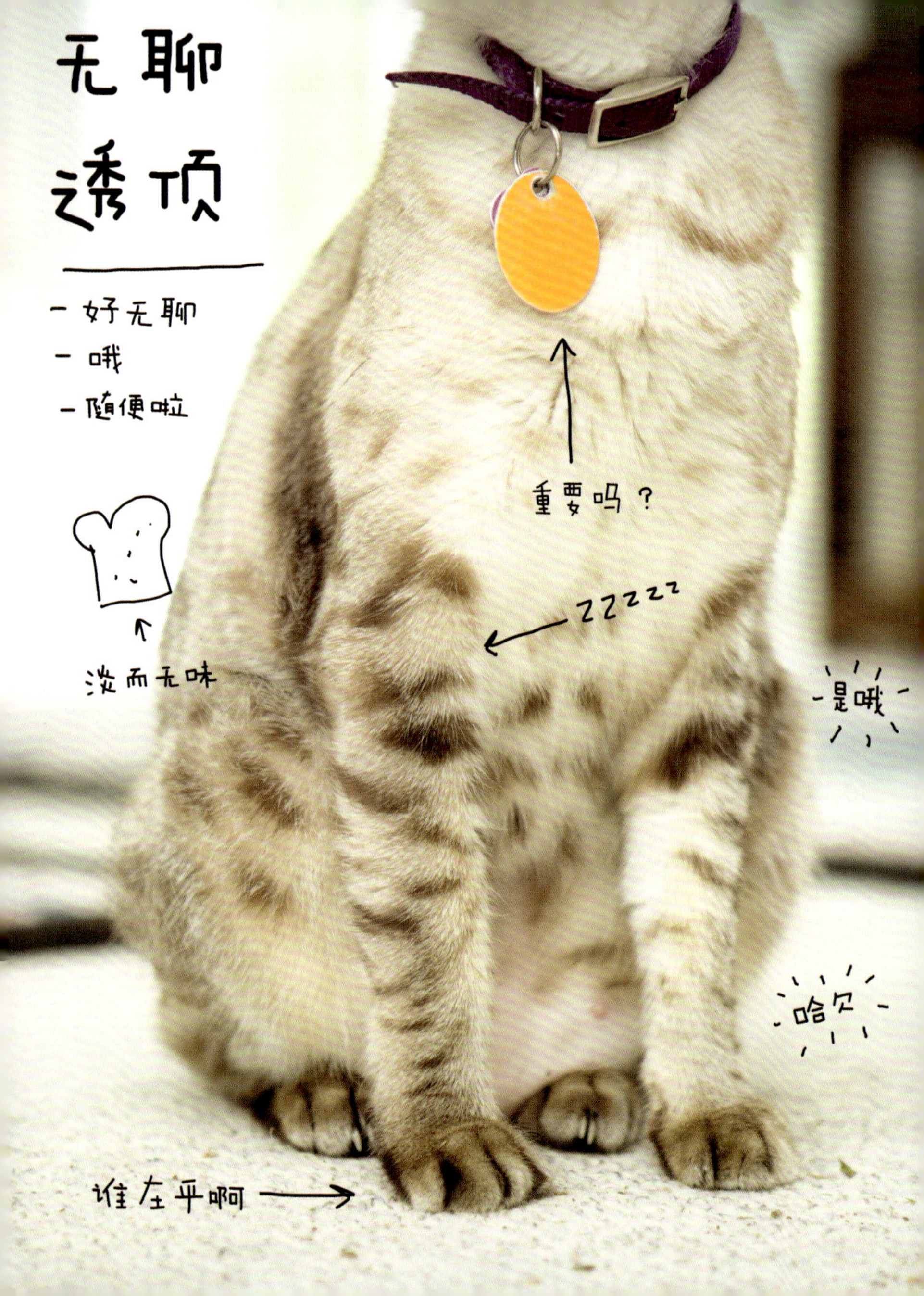

无聊透顶

- 好无聊
- 哦
- 随便啦

重要吗？

zzzzz

淡而无味

是哦

哈欠

谁在乎啊

你的猫属于无聊透顶类型的？

- 你是不是有时会忘记自己养了一只猫？
- 除非你的猫就坐在你的面前，否则你想不起来它长什么样子？
- 是不是连松鼠或麻雀碰上你的猫时，它都没有太大反应？

如何应付无聊型的猫｜你的猫或许在各方面都没有记忆点，但并不表示它就没有出头的可能。它的平凡无特色，恰好可以变成最有价值的卖点。它就是普通猫的代表，它像是一面镜子，反映出我们在日常生活见到的猫的影子。而且只要加一点巧思，就能让它来个大变身。试试看抱住它的腋窝将它举起来，它是不是比你料想的长呢？喂，大家看，我有一只“长”猫！（巧妙的相机摆放点可以强化创意的效果。）另外，也可以帮你的猫搭一个标志性的配件，譬如眼罩、外套，或一顶活泼的法式贝雷帽，增加它的魅力。（下一章里，我们会提到更多利用配件和服装的技巧。）

如何拍摄无聊型的猫｜试着安排这只猫以团体组合的方式呈现。在组合中加入婴儿或狗，降低猫咪独挑大梁的压力。不妨请个作家帮这只猫设计几段内心独白，用你自己（或演员）的声音来传达它的“想法”。

猫咪时尚：利用配件，让你的猫独特出众。

想象你正参加一场试镜会。等候区挤满了十几只 __________（此处填入形容词，来描述你家猫咪的外形）的猫，和它们 __________（再填入一个形容词来描述你自己）的经纪人。这些猫除了项圈之外，每只看起来都一模一样。不，等一等！你看，其中一只猫正抱着一个大提琴盒。它会拉琴吗？它是从哪所音乐学院毕业的？这只神秘的猫咪究竟是谁？选角的导演兴奋之余，立刻将这只猫咪艺术家请了进去，至于其他的输家，他看都没多看一眼。

厉害吧。这样的技巧（甚至只是外表的改变），真的可以让一个表演者占尽优势！这个例子有效地说明了，只需要多投资一些时间和精力，不只让你的猫多一点看头，更大大地增加了它的个性魅力。你或许一直以为，个性是需要一辈子时间来建立的，这样的观念事实上也没错，譬如像你扔了颗棒球打破邻居的窗户，却不肯承认，于是你老爸就和你来一场心灵对谈之类的。但在猫咪网络视频这个风险甚高的世界里，个性两个字，基本上就是道具的意思。

不过你会问，要到哪儿找适合猫咪尺寸的大提琴呢？去 19 世纪宠物摄影师哈利 · 惠提耶 · 福利斯（Harry Whittier Frees）的遗产拍卖会吗？

当然可以，但那样的机会少之又少。读者们，我们在此即将揭晓猫咪演艺经纪界最不愿外传的秘密：“美国女孩”（American Girl）娃娃专卖店。那地方简直是货真价实的宝库，从猫咪配件到布景装饰应有尽有，更别说服装了！

若你是家里没有小孩的人，让我来解释一下，“美国女孩”是一个很受欢迎的洋娃娃品牌，他们的娃娃以历史上各个不同时期的女孩样貌为主题。但娃娃不重要，猫咪经纪人前仆后继涌入的目的是店里琳琅满目的服饰和配件，尺寸大小简直是为家猫量身打造的！就像是进入了一个平行宇宙，所有东西的尺寸都可爱极了。你再也不必花时间亲手用肥皂刻迷你手风琴，只要走进店里（或利用互联网），就能买到一个。什么，你说这样听起来像是作弊？别忘了，少了小锄头、小筛盘和迷你淘沙水道，网络名猫“一八四九淘金客”（Miner Forty-Niner[1]）也不过就是一只坐在泥巴地上的普通虎斑猫罢了。

> 别忘了，少了小锄头、小筛盘和迷你淘沙水道，互联网名猫“一八四九淘金客”也不过就是一只坐在泥巴地上的普通虎斑猫罢了。

以下是一些可能的选择：

1. Forty-Niner：原指 1849 年加州淘金热的移民。

道具	角色
迷你滑雪度假小屋	滑雪障碍赛职业好手
可爱小拐杖	养伤中的踢踏舞者
超小型热气球	《八十天环游地球》主人公
迷你版金龟车	搞笑二人组奇奇或强强
袖珍照相机和闪光灯	大萧条时期的实习小记者兼鸦片上瘾者
小人国织布机	血汗工厂工人
微型科学实验室	居里夫人
缩小版宝宝直立钢琴	艾灵顿公爵

爵士歌手

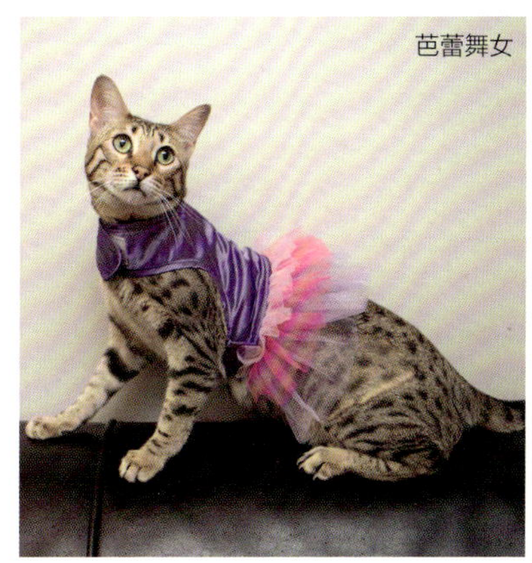
芭蕾舞女

海盗

麋鹿

这些道具不仅创造出视觉上的趣点，而且立即让你的影片有了丰富和独特的故事性。就算你的猫咪在现实生活中可能并不太有趣，用这个方法也能简单又安全地帮它建立起持续的声望。

我的猫需要取艺名吗？

简单来说，可能需要。很多猫主人在替爱猫取名时，都苦于自己的创意不足。如果你的猫不打算出来抛头露面的话，这倒没什么大不了，但对于有野心想成为超级巨星的猫来说，任何优势都是不可放过的。

猫的毛色	白色	灰色	黑色
好名字	雪球	含烟	小黑
	雪花	雨诗	仙草
	白雪公主	影子	墨墨
	小雪	灰灰	黑噜噜
	糯米糍	烟灰	黑魔法
	奶茶	小雾	布朗尼
	白粉	暴风	黑桃
赞到不行的好名字	小白无常	普洱茶	一枝梅

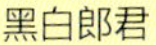

黑白郎君

牧师

橘子酱

橘色	三花	任何颜色	黑白花
小虎	小米	咪咪	玫玛
老虎	凯文	肥肥	燕尾服
小黄	小斑	阿喵	奔驰
橘子	点点	袜袜	乳牛
牛奶糖	花花	靴子	企鹅
加菲	小花	来福	黑白
阳光	唐三彩	麦克斯	包拯
焦糖布丁	泡泡	喵吉拉	熊猫

帮爱猫改名，说实话是小事一件，只要稍微动动手而已，而且很可能你的猫甚至根本不知道自己有个名字。真正的挑战在于，如何取一个引人注目又难忘的称号，十分带劲儿，会像派对上的感冒病毒一样迅速传染。以下有几个取名小技巧，成功营销人员、天才经纪人、畅销书作家就是靠着这些方法创造出百万身价的好名。

将你家猫咪现在的名字转成法文

这可以立刻创造出一种高雅、神秘和慵懒的气氛。层次立刻就拉高了，对吧？Trèsmanifique。

（意思是非常神奇。这听起来好像也是很棒的猫名！）

Smoky = **Enfumé**

Shadow = **Ombre**

Boots = **Bottes**

Socks = **Chaussettes**

Bastard = **Bâtard**

Clawed = **Claude**

Morris = **Maurice**

Tom = **Tom**

（发音要用法文腔）

西班牙文也可以！

说西班牙文的人口是仅次于说中文的，所以取西班牙名可以让你的猫即刻吸引全世界的注意。

（不过要先确定大部分的网友知道如何正确发音。）

El Tigre = Tiger
Solana = Sunshine
Féliz = Felix
Sanguinario = Bloodthirsty
Descarado = Saucy
La Bamba = Da Bomb
Salsa = Sauce
Perro = Dog

何不用火星文增加风格？

拜数不尽的短信及密码所赐，我们学会了使用火星文，这可是我们的祖父母做梦都想不到的美事！因此在帮你的猫取名时，不妨大胆超越二十六个字母的限制吧。嘻哈歌手最擅长这种事了，你看他们现在多受欢迎。举例来说，一个典型、无聊的猫名，可以变化出右边这么多可能性。

$hadow
Sh@d0
S|-|a:D()\/\/
S#4<0
:X{

试试看拼字法

想象你是参加拼字比赛的六岁小朋友，然后把猫咪现有的名字改写一遍就对了。发音是一样的，所以如果你不想多记一个新名字的话，这是一个很好的策略。

L. Teegray
Mit-enz
Jinjur
Khit-tee
Bütz

试试那些已经很红的名字

有这么多已经成功的好名字可用，何必多此一举取新的？没错，所以美国演艺工会才禁止演员使用另一个演员的名字。可是你猜怎么着？你的猫一辈子也不会加入演艺工会，所以尽管放手做——紧紧抓住一个注满明星力量的名字，然后尽全力从中榨出名气的果汁吧。

汤姆·克鲁斯
布拉德·皮特
贾斯汀·比伯
史努比
奥巴马
爱因斯坦
金·凯瑞
甘地

第二章

灯光预备，猫咪就位，开拍！

此时此刻，你已经将一只没人会多看一眼的平凡、无聊动物，改造成了一颗新星，一只浑身散发魅力的不凡生物，只要它一出现，陌生人也无法抗拒。俗话说，上帝是不会犯错的，但你将他不甚得意的创作重新混音，结果竟成了黄金时段热播的大金曲，很神奇不是吗？

现在你终于知道美国著名音乐制作人唐·克许纳（Don Kirshner）在发掘20世纪70年代卡通影集中的虚拟乐团“阿奇氏合唱团”（The Archies）时的感觉了吧。现在呢，你将要成就一番比他更伟大的事业，一番连唐·克许纳都做不到的大事业。我这话的意思不只是因为阿奇氏合唱团已经因艺术理念不同而散伙的关系，而是因为你要拍的可是一段红到像病毒蔓延一样的热门影片。所以赶紧起身学习一些基本的摄影技巧吧，动作快点，否则你隔壁养了一只独眼无毛猫的邻居，就要把他那只毫无内涵可言的猫变成红遍世界的巨星了。

检查你的设备

如果你问："我该用什么相机？"我会回你："我哪知道你该用什么相机？"这本书又不是《消费者实用情报》杂志，而且我很怀疑，你真的想看什么光圈和像素之类的专业知识吗？这年头，很多智能手机就足以拍出相当好的影片了，而且有各种价位的数码相机和便携式摄像机，任君选择。去找你的侄子或办公室里的宅男们讨教一下就知道了。坦白说，选择一台操作简便的机器，比追赶功能花哨的最新产品要强多了。但如果你想使用一般平民百姓玩不起的超酷炫摄影装备，不妨试试先用租的，直到你找到一款兼具实用和派头的产品。

等相机一入手，请进行以下的准备工作：

擦拭镜头 | 用一块柔软的干拭镜纸，或你的衣角。

充电 | 请确保手边随时有充电器（或备用电池）。你的猫很可能在你的相机没电时，终于露出有趣的模样。

放稳摄像机 | 使用三脚架，或者将摄像机放在某个稳定的东西上，例如桌面。的确，有很多电影会使用"晃动镜头"，来制造一种粗糙、业余的效

果，但你已经够业余了，不需要。

测试音效｜有些麦克风的效果比较好。多测试几次，找出捕捉最佳音效的距离。对了，你不会连麦克风在哪里都不知道吧？小心不要被手指压住了。另外别忘记，你的声音很容易把所有动静都盖掉，所以不要边拍边喋喋不休唱独角戏，让你的猫明星自己发声吧。

拍摄企划

要是你以为拍影片只是打开摄像机开关这么简单的话，那就大错特错了。对于一位拍摄自家小孩踢足球的妈妈，或者某位知名国际大导演来说，或许还有可能。但拍摄影片可是导演的强项，至于你，就像一名画家，屏幕是你的画布，你手中只有一支画笔，而这支笔，如果你不加以控制的话，是绝对不会理你的。因此以下是你该做的事。

布景｜透过摄像机的取景框看，以一个陌生人的眼光来打量你自己的家。任何不协调，让人分心、不安或困惑的东西（除了你家那只在地上激动翻滚的黑猫以外），全都要移开。这意思是你必须将客厅重新粉刷成大地色系，

好的布景：古典的装潢、靠枕、红蓝黄三原色。

坏的布景：几乎看不见猫了。将马移开。

到北欧风大型家具店买新的自组家具吗？当然啰，这个主意是蛮不错的，不过也可以只把你家的催泪瓦斯罐、动物标本之类杂七杂八的东西都扫到角落，拍不到就好了。或者用毯子通通盖起来也行。

帮镜头加构图框 | 你下次看电视——你知道，就是在网络出现前，你常常看的那个东西——时，注意一下你最喜欢的节目或广告里，情节的进行发生在哪个位置？在最顶端吗？不是。在最左边吗？不是。正中央？错。就

连电视剧《大胆而美丽》(*The Bold and the Beautiful*) 剧组里最菜的摄影师都知道，有种规则叫作“三分法构图”。运用这个规则，可以创造出活泼生动的影片，吸引观众像上瘾一样紧紧黏在屏幕前面，这么棒的方法，你当然也不能放过。做法很简单：

1. 盯着取景框或相机屏幕。
2. 在心里画水平和垂直线，将屏幕的宽和高都均分成三等份。
3. 将猫放在线与线交叉的位置。要是猫移动，摄像机就跟着移动。

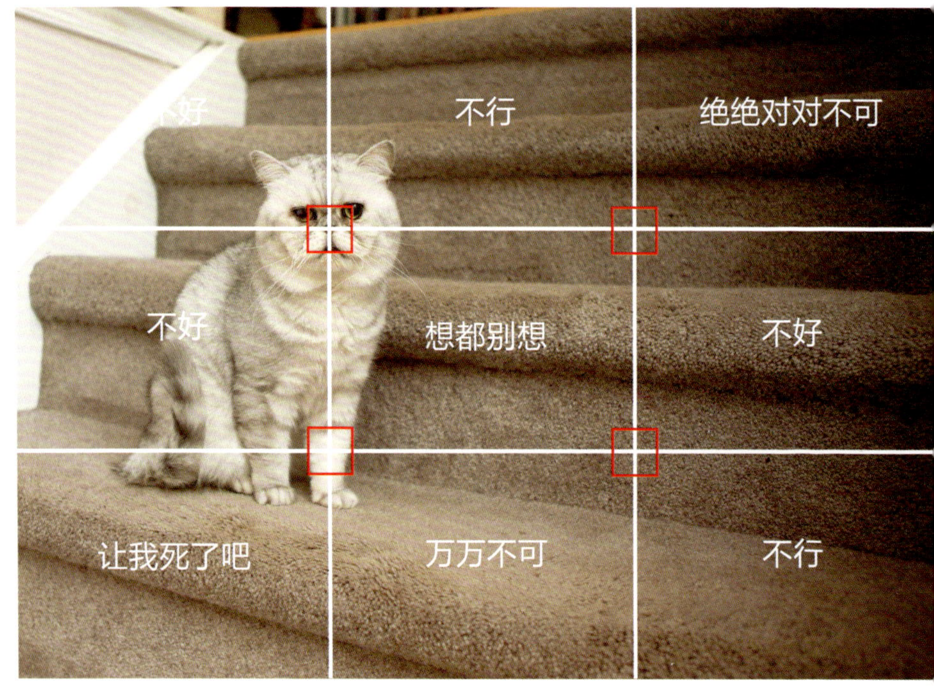

灯光充足 | 拍摄猫咪视频最好在可控制的环境内进行，也就是室内，猫逃不掉的地方。这么做的缺点是会少了自然光的辅助，而自然光不只免费，也格外有美化效果，拍起来特别迷人（但老实说，也有致皮肤癌的风险）。不过别担心，只要靠插线板和落地灯，就能照亮你家里最阴暗的角落。对某些型号的相机来说，明亮的光线可以让光圈缩小，也就是说可以拍出比较远的景深。我的天，现在你见识到摄影理论有多枯燥了吧?

去除不必要的杂音 | 你应该会随时用到“现场保持安静”这句话，只不过没什么效果，通常只会换来房间里对娱乐事业一无所知的家伙们茫然的眼神而已，所以不妨预备好一堆比较实用的句子，像是“闭上狗嘴！”“警告你，给我安静！”“不闭嘴就滚蛋！”之类的。更好的办法是，把所有无关的大嘴巴全都赶出拍摄现场，包括老公、老婆或爸妈。

指导演员发挥天赋

自知名大导演奥森·威尔斯（Orson Welles）以来，所有好莱坞伟大的导演都知道，指导猫演戏是一件不可能的任务，这就是为什么绝大部分的电影都是由人类担纲，而不是猫咪。你只能期盼，你家猫咪天生的魅力或缺点能被诱发出来，然后趁着那稍纵即逝的几秒，用摄像机将它们自然流露的娱乐效果捕捉下来。如果你够幸运的话，搞不好会拍出一部互联网猫咪视频界的不朽巨片。

但要是你家的猫除了呆望着天花板角落某个隐形物体之外，什么都不做怎么办？如果出现这种状况，你就必须采取各种必要的手段，督促你的猫进步。以下提供一些让它动起来的方法。

让无所事事的猫动起来：27 种增添巨星风采的小道具

1. 箱子

所有的猫碰到箱子，无论大小、形状，都会被深深吸引，因为猫的子宫就是厚纸板做的，它们这种行为是源自下意识想回到胎儿状态的冲动（虽然猫在子宫外的生活，其实和待在里面时没什么两样）。你只要把一个空箱子放到地上，你的猫就会自己进去，一待就是好几个小时。试着在箱子外加一些幽默的标签，像是“休息时间”“请勿打扰”“不可重压”“退回原寄件人”，或是“小心：内容物可能已于运送过程中产生变化”。（手边没有箱子吗？用纸袋效果也不错。）

监狱风云录
（监狱
灰墙）
x
箱子宽度：
猫腰围的 80%-97%
y
箱子高度：
猫身高的 30%-50%

支点

· 以正弦曲线摆动

45°

摆荡角度

2. 绳子

这是最经典的一种辅助道具，原因是，绳子没办法反击。所以这等于是放任一个天生杀手大开杀戒，让它运用所有的毁灭性武器，对付一个只能摆来荡去的敌人。这种一边倒的打架方式，有谁不爱？不过要确定是否遵循绳子大作战的正确策略：

a. 摆动一截绳子，如果猫咪没有扑跳，摆动的力道要更猛烈。

b. 继续动作，直到你的猫发动攻击。

c. 让猫和绳子搏斗六十秒。

d. 放松绳子。让猫逐渐失去兴趣。

e. 重复步骤 a 至 d。

对峙张力

小心便便

[好笑度]

?

小心爪子

[危险度]

$$

3. 小婴儿

只会爬来爬去的小婴儿效果最佳。已经会走路的小孩不好控制。将猫咪和婴儿摆在一起，越近越好，然后就等着他们擦出火花吧！宝宝会粗鲁地对待猫，猫会用可爱的嘶叫和哈气回应。你可以用教婴儿说话的方式来开导猫咪："不准咬咬！""抓宝宝不乖！"还有别忘了，猫咪的爪子要先修剪。

4. 鸟

如果你有机会花费少许的钱甚至免费找来一只小型或中型鸟，请千万别放过。猫和鸟的影片，基本上就是一部惊悚恐怖片了，受欢迎程度仅次于浪漫喜剧片。要如何利用鸟呢？只要将它和一只昏昏欲睡的猫摆在同一个房间就行了，鸟是种极度烦人的动物，因此你可以记录到锻炼猫咪耐性的过程。如果那只鸟发出刺耳的聒噪声，并用鸟嘴啄猫的话，你就赚到了。不过问题是，你的猫会忍受到什么程度？锁定影片，就会找到答案！

5. 装有零食的容器

请准备一盒或一包猫零食，在上面清楚标明"零食"两个字（请自己亲手写）。将零食放在猫咪够得着，但要费点力的地方。开口一定要打开。你的猫绝对会爬上架子，将头埋进零食堆里，这时你就可以走进房间，假装大吃一惊地说："天啊，克劳德，这些零食是要给客人的！"受到惊吓的猫很可能会从架子上翻落下来，把整包零食洒到地上——这大概是你最不希望发生的结果了。没关系，来个情节大反转吧，放一群猫冲进房里，开始大嚼散落一地的零食。怎么样，有笑点吧？

要是感觉过程太平淡，不妨试试打开莲蓬头。

6. 浴缸

想想看，身为一只猫有多矛盾：他们爱鱼，但又讨厌水。所以猫咪对于峡湾、运河等各种水道，都会既厌恶又着迷，一点都不奇怪。不妨好好利用一下他们这种厌水的天性吧，把你家的猫放到浴缸边缘，然后转开水龙头，在它思考的同时，捕捉下它凝视着水的炽烈眼神、内心的交战：是该跳下去？或者逃跑？还是继续盯着看呢？要是感觉过程太平淡，不妨试试打开莲蓬头。

7. 电视

电视对你来说，或许是一种过时的娱乐传输设备，但对你的猫而言，却是进入另一个世界的窗口。试着转到一些可能吸引猫的频道，像是公共频道的自然节目，或是关于奶酪的纪录片，或“毛线球的奇妙世界”之类的。趁你家的猫在电视机前跳跃、挥拳、狂抓屏幕里抓不到的东西时，把它的模样拍下来。这种令人沮丧的挫折感，我们所有人都经历过，因此才会觉得可笑吧。

最高水深

3厘米

攻击角度
如果你的猫
牙龈敏感，不妨
采用双层材质
的卫生纸
30
观察变形
角度

8. 人类头发

你需要一位头发长度及肩的演员，然后把猫放在一张低椅背的沙发后面，请演员坐在沙发上。鼓励演员头向后仰（就说你正在帮“飘柔”拍广告），拨动飘扬的秀发。将镜头对准你的猫，看它如何跳起攻击那位措手不及的演员的头。

9. 卫生纸卷

特别适合警觉性较高、活力十足的猫，就是看到不动的物体就迫不及待向前扑的那种。在稳固的挂壁式卫生纸架上放一整卷的卫生纸（如果你的浴室光线不够，就找工人在光线好的区域装一个卫生纸架，玄关或客厅都可以）。调整卫生纸，让纸垂下来，这点非常重要。一定要让纸从前方垂下来，从后方无效。垂下的长度大概是四格左右。然后就等着看猫咪用两只前掌疯狂地拨动纸卷，将所有卫生纸全拨到地板上吧。

10. 吊扇

这招很简单，只要你有个天花板，上面刚好装了一台电风扇就行了。在吊扇正下方放一张桌子，把猫抱到桌上——啊，搞不好它已经自己跳上去了，因为这可是房里的新玩意。将风扇打开到低速运转。观察你的猫，可以看到它趴低身体，狐疑地盯着这台非自然的旋风涡轮，头随着扇叶打转。糟糕，它已经准备好，随时往风扇扑上去了——这时正是切断影片的最佳时间点，引诱观众看续篇。

太高
喵的刚刚好
太低

11. 乒乓球

在所有奥运比赛项目中，猫咪占有天生优势的只有一项：乒乓球。从技术层面来分析的话，其实猫式乒乓感觉比较像是手球。不过别管那些有的没的技术了，重点是如何设计出可以拍出精彩影片的乒乓大战。不管是猫对人、猫对猫、人对人（然后被猫干扰），都是精彩影片的好素材。

12. 蝴蝶

要知道，蝴蝶的生命只有几天，甚至几小时而已，而且在变成蝴蝶之前，它已经当了好久成天嘴动个不停的贪吃毛毛虫，所以你为这种昆虫短暂又自私的生命中注入一些精彩的变化，真的没什么好内疚的。你只需要将蝴蝶放出来，录下你的猫跳跃、企图扑捉它却屡试不成的画面就行了。如果蝴蝶没被你的猫抓到，你可以将它放生，让它回到野外继续完成传授花粉什么的任务。万一你的猫真的达成任务怎么办？这个嘛，根据我最新的调查，别担心，这世界上还有成千上万的蝴蝶呢。

13. 娃娃屋

布置一个家具配备齐全的娃娃屋，拿几个洋娃娃围坐在一张餐桌边，然后帮他们配音："亲爱的，你在做什么啊？什么，写一本有关猫影片的书？听起来不像有人会买啊。""你爸说得对，根本是在浪费时间嘛。你不准备回美容学校上课了吗？你很有那方面的天分啊。"这时呢，就放出你的猫，让它悠悠晃晃地走进场景里，横扫小屋和娃娃，杀他个措手不及。怪兽进攻！什么狗屁美容学校，你们这些小混蛋？感觉超爽。

14. 一杯水

对于预算有限的网络猫经纪人来说，这个点子不需要任何特别的设备。你只需要将一个高玻璃杯倒满水，然后将杯子放在你的猫旁边，它可能会用脚掌试探一下水，然后搅动一下判断液体的浓稠度。如果运气好，它会把杯子翻倒，让水几乎全泼出来，然后把头整个塞进杯里，双耳贴平，用舌头舔杯里剩下的水。这就是商场上俗称的“水杯头”，是大金矿啊，此等奇观可是会在网络上引起轰动的！

接近

沾一沾

轻拍

15. 气球

你需要三到五个充好气的气球，大小依据你家猫咪的尺寸而定（找个助手来帮忙吹气吧。专业吹气球人的肺可不是盖的，该做的预防措施要做好）。拿一个气球在助手的毛衣上轻轻摩擦以产生静电，再将气球紧紧压在猫咪背上，照理应该会黏住。重复同样的动作，直到猫咪被气球盖满。接下来，一场疯狂大窜逃即将展开，好好观察，并且记录下来吧。

登高望远哦！
抽屉拉出的距离：
总深度的21%-33%
理想高度
60-90公分

> 瓷器的陈列柜可能不太妙，不过实在没办法的话，也只能将就了。或者放被毯的矮柜也行，你家里总该找得到其中一种吧？

16. 抽屉柜

如果要选择这个方法，你需要一个抽屉柜。要是你没有书桌，也可以试试看利用衣柜、五斗柜，或餐具柜也可以。化妆台或高脚柜也是不错的选择。瓷器的陈列柜可能不太妙，不过实在没办法的话，也只能将就了。或者放被毯的矮柜也行，你家里总该找得到其中一种吧？总之，找一个有抽屉的柜子，接下来你就自己看着办了。

17. 人

有些猫怎么都撑不起总长度才两分钟的片子（对，就是在说波斯猫）。如果你家的猫力不从心，不妨找个人来当烘托的角色，挑起推动剧情发展的重担。人猫对抗是永远不会落伍的组合。以下有几个绝对不会失败的点子：

人使用除尘拖把｜猫将拖把视为猎物，锲而不舍地攻击。人继续除尘的动作。

人拿尺量地毯｜猫将卷尺视为猎物，锲而不舍地攻击。人继续丈量的动作。

人绑鞋带｜猫将鞋带视为猎物，锲而不舍地攻击。人只好换穿无鞋带的鞋出门。

人看报纸｜猫视报纸为猎物，锲而不舍地攻击。人只好改看网络新闻。

人写字｜猫将书写工具视为猎物，锲而不舍地攻击。人只好停笔。

18. 影子

在以往艰难困苦的年代，今日家猫的野生祖先们相信，只要吃掉其他生物的影子就能活下去。这就是为什么，只要视线范围内出现任何影子，你家的宠物猫就会有一股强烈的欲望想去追逐。你只需要站在光源和你的猫之间，用手或脚都可以，有节奏地来回移动制造影子，等你的猫被吸引住时，加快移动的速度。如果你的猫有明星特质，它应该会攻击这个影子，好像在院子里撞见一只不长眼的花栗鼠一样。

19. 开口小到不行的瓶子

在桌上放一只空瓶，你的猫会立刻将之视为一项挑战。你说那个瓶子它不可能钻得进去？它会证明你是错的。你将目睹它在你面前液化变形，钻进去了！不妨试试更小的容器，来根试管怎么样？

好

好奇的猫靠近瓶子。

更好

脸塞进瓶子里，瓶身向上高举。

吸金镜头

猫咪的小脑袋需要一段时间才能领悟真相，所以会一再重复试探。

20. 爆米花机

使用这个道具必须贯彻极简主义。将台面清空，因为镜头里应该只有两样东西：一台爆米花机，和一只好奇的猫。爆米花机就像契诃夫的枪（Checkhov's rifle）[1]，一开始看来无关紧要，但明显会在剧情发展中扮演关键性的角色。正当你好奇剧情会怎么发展？会发生什么？突然间，玉米粒开始噼噼啪啪爆起来！那只猫只能徒劳无功地用脚掌猛拍机器隆起的圆盖。看起来真的很像一部伟大的俄罗斯文学巨作吧！

21.ROOMBA[2] 扫地机器人

就是那种可以让人类生活更简便舒适的地板自动清扫机器，选择任何品牌都可以。你只需要按照使用说明启动扫地机器人，你的猫——只要它是一只正常猫——就会无法解释原因地被机器吸引过去。它甚至可能无法抗拒某种巨大的诱惑，而坐到机器上面，像是教皇巡视圣彼得广场一样，在你的厨房四处转。给它大一点的空间吧，或许还可以帮它制作一顶小小的主教头冠，增添出巡的气势。

22. 手电筒

猫喜欢追影子，所以也会追逐和影子相反的东西——光，这完全符合逻辑。在黑暗的房间里，将光束来回打转，看看猫咪为了阻止光束移动，

1. 契诃夫的枪：一种文学手法，指剧情初期出现的元素，到后来一定要发生作用。
2. ROOMBA：美国最成功的家用机器人供应商。

一 最高载重：
7.5公斤
一 使用方法可能
超出保证维修
范围
不错
最赞
还可以
不错

狗
恐惧的小鸿沟
距离越短=戏剧张力越强
小型狗效果最好

是如何努力左弯右拐扭曲自己的身体，但却徒劳无功的。对了，你没忘记把机器调到夜间摄影模式吧？哇哦，恭喜你，刚刚浪费了一个小时。

猫到底是发自内心的真爱，还是在玩什么心理战术，我们无从判断。

23. 狗

法国人说，在每一段关系里，总有一个是付出爱，另一个则是接受爱。如果他们指的是猫和狗的关系的话，那我完全同意。如果你家里同时养了狗和猫，猫必定会对狗散发它满腔的爱，而狗则是容忍地承受下来，是否出于害怕就不得而知了。猫到底是发自内心的真爱，还是在玩什么心理战术，我们无从判断，但至少可爱指数爆表啊！幼犬的效果也很棒。

24. 圣诞树

没有什么比圣诞假期更让你家猫困惑的了。客厅里怎么会突然间冒出一棵树？什么鬼啊？它大惑不解，决定爬上圣诞树，窝在昂贵的圣诞吊饰之间，把枝头上的天使拨到地上，甚至把整棵树给拆了，这样的反应很奇怪吗？随时准备好你的摄像机吧，因为你的猫可能会把圣诞树当跳板，弹跳到它平时到不了的地方，像是吊灯、瓷器柜、吊扇上，还有来访的亲戚头顶。

25. 纸袋

在养猫人家一切不可预测的世界中，很少事情是确定的，但有件事我敢担保，只要放一个空纸袋到地板上，你的猫一定会来。而且它会毫不犹豫地钻进袋里，蹲低身体，以敌明我暗的方式监看袋外的动静，要是（a）没有人拿棍子去戳袋子，或者（b）没有人路过，它很可能准备一辈子都待在里面。当上述的这两件事发生时，砰！就是你出动的时机了！猫咪会突然窜出，袭击猎物，然后再缩回袋中，整个过程只历时 0.7 秒到 1.3 秒。记得使用慢镜头回放的功能。

26. 墙壁

猫似乎很有自信，认为地心引力这种基本法则不适用在自己身上。有时候这种想法是对的，但有时候，它们不但错了，而且还错得很娱乐，错得很悲剧。业界所谓的“吸金影片”等的就是这一刻。如果你很有耐心，或者你连准备一根绳子或找一位长发披肩的朋友都嫌麻烦，那不妨把摄像机放在墙边等待吧。迟早有一天，你的猫会靠近墙边，朝天空的方向往上冲，企图跳上某个架子或窗边（可以在墙的高处粘一根小鱼干来加速等待的过程）。

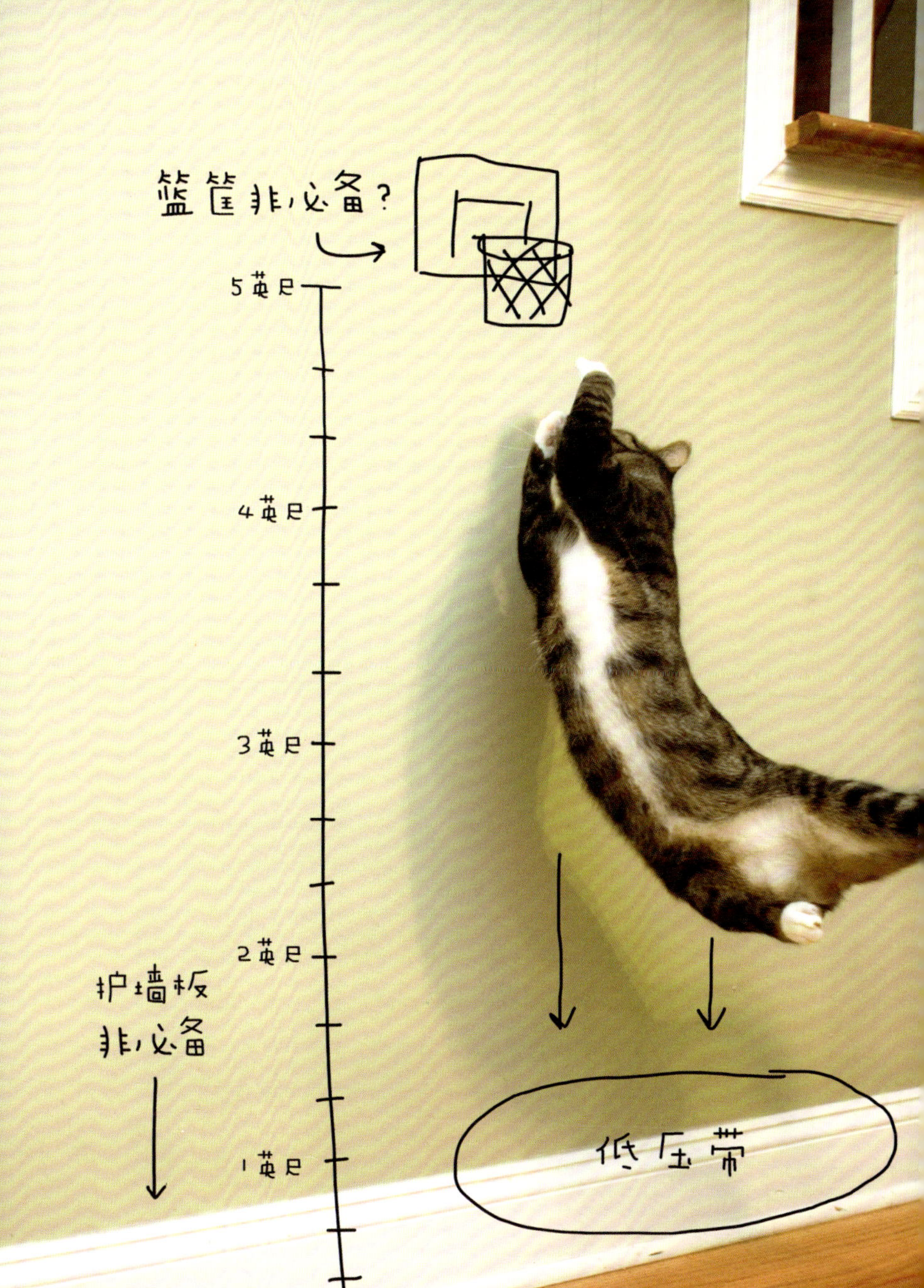
篮筐非必备？
5英尺
4英尺
3英尺
2英尺
1英尺
护墙板
非必备
低压带

27.APP

有一些 app 是专为与猫互动而设计的，但要小心，现在就用它们可能会影响到未来代言的机会。所以最好留到以后再说，先从为人类设计的 app 玩起吧，像是美食导航地图或宝石方块之类的都可以。等你的猫对于闪动的图形或特定的声音做出反应，就是捕捉镜头的好时机。它会把你的智能手机从桌上拍掉？它想咬你的平板电脑？快拍啊，经典镜头！

救命！我的猫拒绝配合

万一这些经傻瓜证实不可能失败的技巧都行不通的话，不妨试试经久不衰的“猫咪实境秀”。找出你家猫咪最常出没的地方，趁它们不在的时候把摄像机架在附近，像是沙发后面、水果篮里面，或是另一只猫的头顶。没错，这又是轮到你发挥导演直觉的时候了。不过你其实只需要记录下它每天的日常生活，然后趁闲暇时间从中筛选，从纪实影片里发掘这只小野兽的希望、梦想和挣扎。这种看起来似乎很简单的生物，一整天究竟都在做什么？它是否破坏力强得迷人？它是否出乎你意料地，也经历着各种悲伤、痛苦、挫折、失望的时刻？它是否必须鼓起无比的勇气，才能度过每一天？它会打呼吗？

如果上述问题的答案都是不，那你得考虑一下你的猫是不是真的太死气沉沉了。不妨思考一下，这只猫还值得你投资吗？或许可以考虑把它转送给某位独居的老阿姨，再替自己换一只充满活力的小猫咪来？

放松一下

第三章

一路攀上最顶峰

现在，你的猫已经完成它的表演工作。摄像机关上，地上的碎玻璃也清扫干净了，你的猫大明星正沐浴在阳光下，享受它应得的休假生活，对吗？万事皆备，你现在只需要将影片放送出去，就等着过衣食无忧的好日子了。

天啊，你是活在什么傻瓜乐园吗？你以为只要早早上床睡觉，就会有神奇的小仙女飞到你家，帮你完成所有的工作吗？这种好事发生的概率大概是零。现在正是加紧努力的时候！快卷起衣袖干活吧，如果你身上穿的不是衬衫，那就快去换一件，然后卷起衣袖干活去！你要是知道等在前面的工作有多少，恐怕会恨不得有一对老式的袖扣，好让你的袖子永远不会掉下来。

裁切

微调

影片换现金

十丄丅

动手剪辑

如果本书里的建议你都严格执行了，那表示你已经制作出一部寓教于乐的猫影片珍宝。不过这珍宝还是一颗未打磨的钻石，你必须不断地擦拭磨亮，直到可以在上面看见你自己的倒影，直到倒影的眼睛深处反射出闪亮的 $$ 符号。这些钱的符号到时会是真金白银打造的。欢迎来到剪辑的奇妙世界，你或许没办法修减掉影片里的肥肉，但你可以利用音乐、音效、加字和上色的方法，让你的影片更加精致。书——至少是这本书——中的所有技巧，都能派上用场。

你是用数字格式（是吧？你是用数位录的吧？）录下的影片，因此剪辑的方法有很多选择，每一种都能帮助你将原始的粗糙影片变得流畅、适合观赏。你的计算机里很可能已经安装有剪辑软件，你试着找过吗？

没那么好运？好吧，就如同选择数码相机一样，找到一个简单的剪辑工具，可能比花钱装某种超先进的专业软件来得重要多了。如果可以的话，先试用免费版本，或和朋友借用，再决定要不要花钱买。据说《潘神的迷宫》导演吉尔莫·德尔·托罗（Guillermo del Toro）就是这么做的。（我猜啦。）

不论最后你用哪种软件，工作步骤都差不多。先从拍下的一堆影片中，节选出独立的片段，然后再用拖放功能，依照喜好顺序将这些片段凑成一

段，拖放的功能你总会吧？在雕塑你的旷世巨作时，只须记得好莱坞电影制作人所谓的“3K 原则”就行了。

第一个 K：确保（Keep）简短易入口

由于频繁地在网上浏览和发布信息，现在的观众注意力集中度还比不上一只松鼠，他们的大脑连一丁点反常的情节都无法处理，不管猫咪的反常、荒谬有多创新、聪明都没用。所以你的影片一定要让观众迅速产生共鸣，给予他们正面的感觉，刺激他们利用社群媒体将影片分享出去，并且在他们的注意力转移到名人收养小孩的图片集之前，让影片结束。总之，这个任务必须在六十秒内完成。

你说不可能？拜托，怎么会不可能，你只要照着下图这种零失败的结构走就行了：

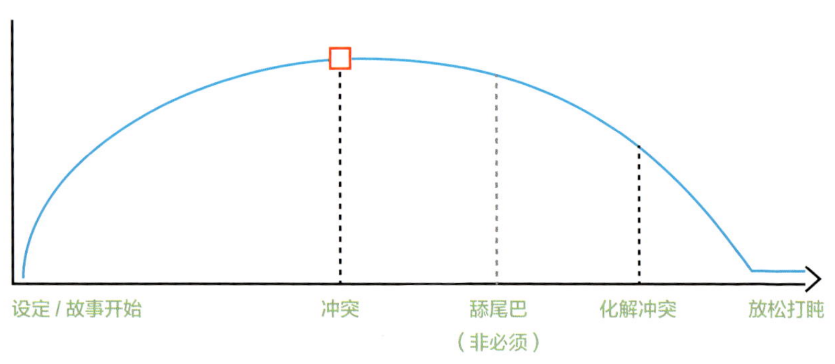

猫咪影片之弧线结构

第一步：设定

创造一个主角。设定他的目标，及迈向成功之途的主要障碍。

历时 | 第 1—10 秒。

范例 | 一身海盗打扮的阿咪，是只瘦弱的公猫。它发现最高的层架上有一个装满猫薄荷的藏宝箱。

第二步：冲突

主角遭遇障碍，尝试解决。

历时 | 第 10—45 秒。

范例 | 阿咪攀爬船缆，试图登上层架顶。鲨鱼玩偶出现将它推下。

第三步：化解冲突

高潮。主角达成目标，或者被彻底打败，或者解决冲突。

历时 | 第 45 秒到结束。

范例 | 阿咪跳越鲨鱼，降落在藏宝箱上；猫和箱子一起翻落地上，箱里的东西洒落一地。大约十到二十只水手打扮的猫冲进画面，开始大吃猫薄荷。屏幕上以鲜黄色字体打出商标“啊啊啊咪”。

第二个 K：风格很重要，请持续（Keep）累积

由于猫影片的市场逐渐饱和，因此要靠导演去挑战视觉效果的极限，创造出一种独一无二的难忘风格。举例来说，《黑猫亨利》（*Henri, Le Chat Noire*）的导演就相当有野心，决定采用一种阴郁的黑白片效果。他的猫还算不错，摄影风格充其量只能称为单调，但这位导演却在 2012 年首届猫咪影片大展中夺下了金猫奖。现在亨利不但即将有新书出版，还拿下“喜跃”猫食的代言，它的推特有两万名粉丝，更和知名演员克里斯托弗 · 华肯（Christopher Walken）建立了称兄道弟的好情谊。这全是因为导演威廉 · 布雷登（William Braden）肯多花心力，在他的影片中灌注几分独特的风格。

只要在剪辑过程中实验各种特效，为你的影片增添标志性的风格并非难事。不妨考虑以下这些选项：

特效	结果
黑白	冷酷硬汉侦探猫
红褐色调	西部风格或南北战争时期的猫
柔焦	浪漫淑女猫
水波	船长猫
X 光	医生猫
鱼眼	醉鬼猫

“你就像酸奶油一样甜，宝贝。”

“这个猫砂盆容不下我们两个。”

“吻我！吻我！喵呜！”

“大海是残酷的女王，船长。”

“报告个坏消息：好像有人偷割了你的蛋蛋。”

“我的尾巴在哪？脑袋好像也找不到了。”

还有一点别忘了，就是幕与幕中间的转场问题。最简单的办法是直接截断，前一幕结束后下一幕紧接着开始，虽然很突兀，但观众也会尊重你的真实自然。不过你或许可以试着在幕与幕之间插进淡出或渐暗的效果，让影片变得流畅一些。还有许多其他的选项，每一种都有独特的含义，像是翻页的效果（生命就像一本书！）、时钟倒数的画面（光阴似箭啊！）、爱心（啊啊啊啊）或是旋转的方块（小心，方块来袭！）等。选择时要谨慎。

第三个 K：添加音效，创作一部所有人都喜爱（liKe）的影片

人们喜欢听见声音，而且音乐可以增加影片的戏剧感，所以你会忍不住从在线音乐图书馆抓一段音乐来创造丰富、感性的配乐效果。但是要小心，使用有版权的音乐，可能让你把从猫身上赚到的钱，全拿去支付高昂的版权费用了。所以，一位贫穷的猫影片创作人该怎么办呢？你可以利用剪辑软件所附赠的音乐档案，那些都是免费的。我猜想啦，事实上，很难判别是不是真的免费，所以或许你应该阅读一下软件的相关细则……你知道，就是那本会被你随手丢掉的小手册。

还有另一个选择，就是到创意公用授权（Creative Commons license）的音乐里找，这些音乐一般都是免费的（严格说来，还是有一些保留的权利，所以在使用到自己的影片之前，最好还是看清楚音乐创作者主张的权利有哪些）。如果你有投资在音效上的预算——哇，快来看，有钱人耶——你也可以买一些买断式授权的音乐和音效。你只需付一次钱，就可以买下

永久的使用权，虽然没有免费的那么划算，但可以找到质量比较好的音乐，毕竟作曲人是实际拿了酬劳的。

或许，你需要的只是基本的笑声音效，或者飞弹落地的爆炸声之类的。你知道到哪个全球化系统的计算机网络可以搜寻到大量的免费音效吗？猜到了吧。

最后修饰

现在，你花在猫咪影片上的时间，已经比花在你家猫咪身上的时间还多了，你甚至还打电话订比萨饼来争取更多时间。何不把影片的事先推到一边，重新感受一下那些你认为理所当然的事呢，像是晒晒太阳，或用完整的句子好好跟人对话一下？

用墨西哥猫咪的腔调来说就是：“唉呀呀，急什么，阿米哥！”

用墨西哥猫咪的腔调来说就是：“唉呀呀，急什么，阿米哥（Amigo）！”你也许应该先离开计算机，好好睡一觉再回来。然后邀请一两个信任的朋友，来帮你预览一下影片（当然，记得要让他们先签下保密协议），并敞开心胸接受批评。

最后的最后，还有一个细节：你刚完成了一个迷你的智慧财产，是需要受到保护的。所以你要学畜牧业者在得奖小公牛身上烙印一样，为你的影片加上品牌印记。你可以用 Photoshop 或 Illustrator 制作一个简单的商标——一只小小的猫咪，胡须是 $$ 符号——然后把商标塞在影片角落。同时还应该加上你的爱猫网站的超链接，当然，你得先弄一个爱猫网站。

准备上传

好啦，这个时刻终于来临了。你将要释放出一个全世界都会膜拜得要死的潮流，尽管此时它还不为人所知。这有点类似亚历山大·弗莱明（Alexander Fleming）发现青霉素时的状况。你会问，但要怎么样才能让你辛苦的成果被数百万人知道呢?

有关这个问题，我要反问你："你听说过 YouTube 吗？"

说真的，要是你从来没看过 YouTube，我还真的不知道你怎么会买这本书。我没批评的意思，说不定你是成长在某个禁用电器、留胡子、手工制作肥皂的教派家庭里，说不定你才刚出狱，不管什么理由都没关系，大佬。

总之呢，YouTube 是个排名第一的在线影片分享网站，让所有人在此

与其他人分享他们的影片。一部好的影片——如果你没搞砸的话，就是你的影片了啦——可以迅速赢得上百万的观众，进而受到全世界的喜爱。有一点或许我应该早说的，为了晋升百万富豪而孤注一掷，这里恐怕是你唯一的指望了。

要上传影片，你需要一个 YouTube 账号，不过注册相当容易。你只要登入浏览器，到 YouTube.com，找到“登录”的链接，然后按照提示做就行。一旦拥有账号，你就可以上传和分享你努力的成果了！上传只需按上传的按钮，然后选择你要放的影片。你该做的事就是这些，还等什么。

大功告成（还不算哦）

好，影片已上传！你出名了吗？当然还没！因为还有更多工作还没完成呢。现在该是开始进行最关键阶段的时候了，也就是分享。这可不是你在幼儿园学到的那一套：你有五片苹果，小吉米一片都没有，克露伯老师要你平白无故让出两片。不是的，这里的分享比较像是从大街上抓人进来，然后对着他们的耳朵大吼大叫，直到他们哭出来为止。人们就是爱这种积极、具有侵略性、毫不妥协的营销手法，你可以分别往五个同等重要的方向努力：

第一方向　社交媒体｜Facebook（脸书）、推特、Google+、LinkedIn，还有那个 insta 什么的。不是只邀请一堆人来看你的影片就算了，你要让他们对你的猫产生深层的情感联结，填补他们空虚心灵里的黑洞。用数不清的分身加入所有社交媒体平台，重复地推送，让你的影片四处可见。

> 不是只邀请一堆人来看你的影片就算了，要让他们对你的猫产生深层的情感联结。

第二方向　特定爱好群体｜网络社群最有价值之处，正在于其狭隘和偏执性，所以一定会有某些据点，是专门提供给爱猫人士针对各种关于猫咪的议题交换意见的。要尽早潜伏到这些社团里，这样等你有影片要宣传时，才能累积到足够的信用，引起重视。类似的社团有“Catster”（最新贴文：我度假时超想念我家的猫，结果被我朋友取笑了）、“Catmoji”（使命：借助猫让网络世界更美好）、“Purrsonals”（爱猫人碰面聚会的好地方）。

第三方向　网站｜假设你的影片是毒品，YouTube 是毒品交易站，那么 www. 你家爱猫的名字 .com，就像是一个街边转角，让身为“毒贩”的你在此救济那些可怜的上瘾毒虫。下一章里，我们会介绍该如何创建自己的网站或博客，可是不会太详细，别抱太大希望。

第四方向　电子邮件｜我们大家都有些朋友和亲人，他们会“上线”，但却缺乏网络的技术知识，譬如管理 Facebook（脸书）档案或对垃圾文章按“反对”之类的。不过你不应该忽略这些单纯的人。将你的影片链接用电子邮件寄给他们，在信中清楚解释要他们务必点开链接，以增进生活的意义，并且鼓励他们将这些链接传播出去。这样的电子邮件多多益善。

第五方向　YouTube 之外的影片分享平台｜我们已经将 YouTube 建立成一个应许之地，你和你的猫的希望寄托。但也别因此低估了其他分享影片的网站，那里满足了 0.1% 网络用户的需求，这些人是不使用 YouTube 的。这类的网站有 Break.com、Vimeo.com、Metacafe.com、Dailymotion.com 和 Stupidvideos.com 等。

如何绑架搜索引擎

如果有只猫在森林里弹钢琴，不过没有听众，会引起任何反响吗？谁会在乎？而且重点是，这只猫一毛钱都赚不到。所以呢，把你的猫带出幽暗之林，来到茂密的名气森林吧，这里才是属于它的地方。

思考一下，典型的猫咪影片忠实粉丝是如何试着找到生存的意志，让自己撑到下班时间的，想想空中交通控制室、119 勤务中心的气氛，以及那些工作期间几乎时刻受到监视的人。一秒都不能浪费啊！他会尝试用一些关键词搜索，迅速锁定最喜爱的娱乐，像是：

精彩猫咪影片

爆笑猫

史上最好笑的猫

让你好心情的猫

搜索的结果会在一瞬间呈现。这个一心想寻求惊奇和笑料的人，依照自己的习惯按下按键，果然得到了他要的爆笑和惊奇。这可能就救了他的命啊。就是这么简单！但网络上有这么多的猫咪影片，你怎么能确定，在搜索结果页面中脱颖而出的会是你的影片呢?

答案是：关键词。搜索引擎（譬如你用的 Google）就像从动物管理员裤口袋偷花生的大象一样偷取这些字。你在 YouTube 和其他影片分享网站上，可以用任何你喜欢的关键词为你的影片加标签（tag）。复制其他成功猫咪影片的关键词是完全合法的，所以你不妨从此开始着手。最终你会想要创造一些属于你自己的关键词。

关键词类型	范例
动词及表达动作的词	跳跃、破坏、抱抱
电影和电视节目名	《纵横四海》《爱情公寓》《少年包青天》
形容词	爆笑、厉害、超萌
名人	春哥、亚里士多德、辛普森家族
影片中有趣或出人意料的背景或对象	六分仪、跷跷板、携带式媒体播放器
不算词的词	哇啊啊啊、LOL、喵的咧
夸大的形容（越夸张效果越好）	史上最肥、超软Q、无敌霹雳可爱
比你的猫有名的猫	Maru、奶茶&椰果、白吉
近期新闻	习大大出访、是胡不是霍、金鸡奖

除了关键词之外，你同时还要帮影片定标题，写简介和下标签（这个有点像关键词，但又不一样，不过谁在乎）。天啊，感觉好麻烦。不过幸运的是，这些有的没的你全都可以用关键词，事实上，这才是正确的做法。就像面对三岁小孩一样，你越是重复同样的东西，搜索引擎越会注意到。

标题｜大概只有十几个字的空间，所以要尽可能塞进越多关键词越好：

小韦恩猫像飓风桑迪一样飞进浴缸。有够搞笑！

超萌小猫咪在破坏折纸鲨鱼后与欢乐合唱团共舞。哇哇哇！

名叫玛丹娜的世纪大肥猫吞噬状似金瑞契的马铃薯。夸张到爆！

埃及猫英勇抵抗来自阿富汗幼犬的侵略。超惊人！

比纸箱猫 Maru 更 Q 的小猫咪拥抱凯特王妃分身。好可爱哟！

简介｜只需要写短短一段描述影片的文字就行了。在字数限制之内（约八百字左右），要尽可能详细，运用大量关键词，并且要附上你的其他影片、播放列表或网站的链接。

标签 | 这部分也要用关键词。在 Google 上先查出流行趋势，看能不能运用得上。譬如说，如果股市刚好崩盘……嗯，那你可以写你的猫在吃完一“盘”你从“市场”买来的鲑鱼后，“崩”摊在沙发上。这样写完全诚实！

白色 iPhone， 屏幕有裂痕

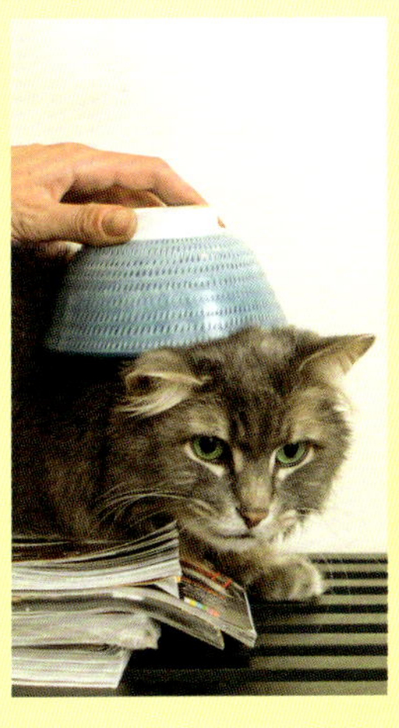

超级杯

克里斯蒂娜 · 亨德里斯克[1]六世

1. 克里斯蒂娜 · 亨德里斯克：即 Christina Hendricks，美国知名红发女星。

第一
猫
2010
1
还记得
"没耳朵乔"吗？
自从
声纳猫
出现后，
它便一无所有了。

第四章

全世界都是你的猫砂盆

恭喜！现在全世界各地的人都在讨论你的猫了！你终于美梦成真，而且正准备换部高档的手机，好应付可能源源不绝的来电。不过，当你骑着火箭冲上顶峰的同时，别忘了随时有更年轻、更新鲜的猫咪，搭着更先进的火箭紧追在你身后。它会开心地把你从火箭上扔下去，看着你的头在虚无的太空中爆炸，然后取代你站上太阳的位置。你希望这种事发生吗？

我想你应该不希望吧。要持续维持名气和热门，你需要一只触手比八爪章鱼还多的强大公关猫，而且它的每一根触手都必须各自霸占住一架名气火箭的驾驶舱。因此我在这里要郑重介绍：

占尽媒体优势的
十爪章鱼

1. 网络

既然你是利用社交媒体和网络让你家爱猫得到了全世界的关注，那么一定要继续下去，死死守住猫界名人堂不可撼动的地位。你在这区域最强大的武器就是你家爱猫的网站，那是提供教徒们（也就是你家猫咪的死忠粉）膜拜的原爆点。

要怎样才会拥有一个网站呢？还有，要怎样才能弄到 www. 我家猫

名 .com 这样的独家网址？拜托饶了我好不好……

好吧，也许是我表达的不够清楚，总之这本书是写给那些想让自家的猫变有名，然后靠它们的名气养活自己下半辈子的人，不是给生平最大乐趣是坐在计算机前写“程序”和“网页”的宅男看的。你一定认识某个拥有自己网站的人吧，该怎么做问他就行了。好消息是，其实有很多免费帮助你建立网站的服务，只不过提供的选择很有限就是了。还有，建立一个网站不表示你就一定能拿到你想要的域名（就是 .com/.net 什么的）。如果你要的名字还没被人占用，你可以付少许的年费去注册下来，然后这个名字就是你专属的了。上述的这些工作，大部分的网站制作者都可以帮你做到。天啊，这个主题还可以更无聊一点吗？我们赶快跳过去吧。

另外，你还需要经营调度社交媒体上的资源。一定要帮你的猫注册一个 Facebook（脸书）账号，朋友不能少于两百人，并且要让它经常回复留言和点赞。帮它在 LinkedIn 上注册，让它可以在上面和其他猫明星互动。还要帮你的猫开一个博客，这样它（事实上我指的是你，了解吧？）才能把自己日常一举一动贴到网络上。博客和网页其实是同一回事，这你不会不知道吧？

还有，你的猫要是想保持热度，就一定要在推特上保持活跃（除非你看到这本书的时候，推特已经被 3D 打印之类的东西取代了）。密切注意流行时事，然后在推特上发表你家猫咪的观点：

 # 同志婚姻 | 同性恋主人、异性恋主人，通通没关系，只要喂我就行。

 # 禽流感 | 我好像刚吃了只感染 H1N1 的鸟！啊啊啊啊啊！

 # 朝鲜 | 金正恩需要睡一个十八小时的好觉 # zzzzz # 呼噜噜噜不停。

2. 商品

T 恤、帽子还有各种印有你家猫咪肖像和注册标语的小玩意儿，这些全都会是你的财富来源。别浪费时间，赶快推出产品满足饥渴的大众吧。不过在决定要拿什么捞钱时，还是要仔细考虑你家猫咪的形象。或许，你家无辜可人的萌猫不应该出现在烈酒杯上，但也或许，说不定就疯狂大热卖。那些中学的小鬼头，就爱这种讽刺的调调。事实上，不管什么东西，只要你想得出来，就会有人把你家猫的脸印上去。枕头、文件盒、女用避孕套，什么花样都有。找一个可以小量印制的厂商，试印一些产品，然后看看什么卖得最好吧。

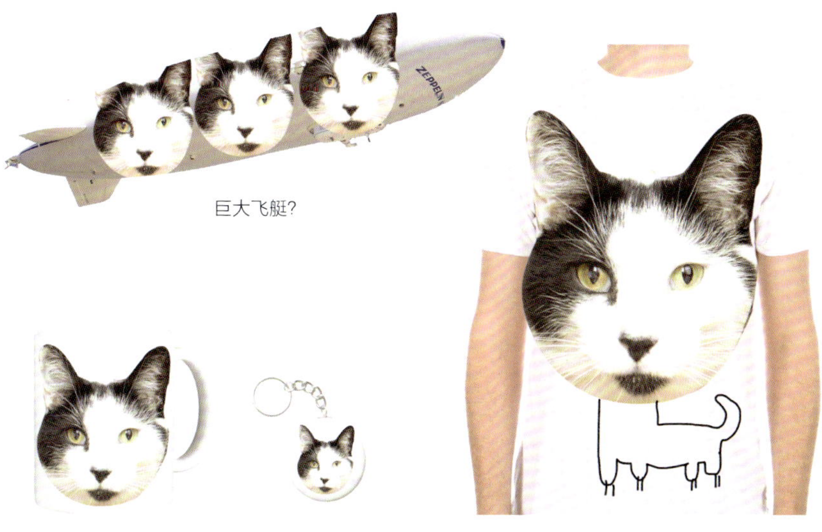

巨大飞艇?

各种乱七八糟的杯子

没用的小玩意儿

丑得要命的 T 恤

3. 公开亮相

对于素来不喜欢人类的动物来说，拥挤的群众可能太刺激了些，所以一定要训练你的宠物享受大批粉丝围绕的状态，这点非常重要。一开始先带它短暂地出现在小型的集会场合，像是连锁汉堡店之类的，让宠爱它的粉丝带着礼物来，可以鼓励你的猫与人群进行互动。如果进行顺利，你们可以逐渐进阶到农产品集市、汽车展销会等，最后去船只下水典礼。不妨对安排活动的公关人员提出一些难搞的要求，像是要求准备不含葡萄的水果篮，一瓶（只要玻璃瓶的）含 2% 有机牛奶的水，并且冰镇到不低于三摄氏度。这种耍大牌的举动会疯狂地提升你家猫咪的名人形象。

4. 现场活动

时装秀、慈善募捐会、画廊开幕式，你的猫需要去上流人士云集的场合见见世面，也争取被看见的机会。在带猫咪出门之前，记得一定要让它吃饱，膀胱也要清空，才能避免在红毯上出糗（你本人也一样）。花钱请个训练师，教你的猫学会放慢速度走路，好让摄影师拍到体面的好照片。在家中打开闪光灯好好演练一阵，以降低它忍不住想猛扑出去的欲望。

5. 电视

一定要弄到电视综艺节目的通告，只要你家猫咪的工作时间表能配合得上，绝对要安排这类的深夜节目。写一封友善的电子邮件给有办法的节目公关，应该就能帮助你安排到露脸的机会。要坚持的只有一点，同晚的节目里绝不能出现其他动物，或者动物专家杰克·哈纳（Jack Hanna）。接下来就是想办法参加实境秀节目《无猫皆完美》（*Nobody's Purr-fect!*），或在《法网游龙》（*Lawand Order: SVU*）影集里担任客串嘉宾。

6. 慈善活动

该是你家猫咪做些公益回馈的时候了，对吧？利用它的名气来支持慈善活动，是巩固知名度的不二良方。支持认养代替购买活动？反去爪行动？支持立法加强狗类管控？全都可以参加。既能募捐，又能提高知名度，这才是精明的经营之道，可以让你的猫更受喜爱，增添它的个人特色。

7. 产品代言

这大概是所有"触手"中最有甜头的一种。代言产品不只能透过营销活动将你家爱猫的脸推到数百万人面前，而且还有钱拿！记住千万不要太挑剔了。如果你不想让你的猫和烈酒、枪支和成人药品产生联结，不妨学习一些名人的做法：有可能造成尴尬问题的产品广告还是可以接，只要确定不会在国内播放就行。

8. 出书

一旦有名到某种程度，出版社就会像吸血蝙蝠绕着牛打转一样蜂拥而来。不过，不要第一家来接洽，你就匆忙答应了，要等待他们互相竞价，然后问清楚：预付版税有多少？版税怎么算？你要要求所有电影和相关商

著名
大作家

喵

作者真人真事

正在寻找
它的书

猫薄荷烟

如果你的猫不会用电脑，
就给它一台打字机

品的版税，还要能在编辑上有控制权（包括封面设计）。出书的宣传活动呢？外文版权呢？打算采取哪一类的公关营销？尽管问，问到你觉得烦为止，然后选择最顺你心意的那一家就对了。

9. 拍电影

说真的，如果没打算拍成电影的话，你到底干吗要写书？况且，电影就是一部比较长的影片而已，你家的猫已经拍过不知多少影片了。不过，你必须保持精明和顽强，才能替爱猫找到最有利的交易，因为好莱坞可是充斥着吃人不吐渣的“鲨鱼”。记得一些小秘诀：挑选暑假的档期，坚持要大牌导演，预算不可低于两亿。要求先审剧本。一定要坚持拿到“票房分红”，你不懂那是什么意思没关系，照样写在合约上就好，别让他们用“净利分红”什么的唬到你，那根本没有实质的利益。

10. 假造爱猫去世的消息

人们需要想象你的猫已不复存在这个世界上，才能体会它的伟大。但你在施行这个骗局的时候，要特别小心。首先，要找一位你信赖的人，用偷来的笔记本电脑开一个电子邮件账户，然后用三个化名注册推特，而且其中至少有一个必须设定居住地在国外。下一步，让这些分身的其中一人在社交媒体上质疑有关你家猫咪死亡的“谣言”是否属实，然后再让第二个骗子上场，肯定那个谣言，第三个人接着发出痛苦的哀号，感叹生命的无常。这样

拖几天别帮猫洗澡，
自然散发一种
“死气沉沉”
药丸
喵！
喵！
喵！
遗书

应该就足以引起来来回回的讨论了！同一时间里，你要保持沉默，一直等到公关人员通知你相关新闻报道量已经开始下滑，才是你出手的时机。这时你只要派出某个人宣称看到你家猫的身影从窗帘后面一闪而过，大部分的粉丝就会因为挚爱的偶像还活着而欣喜若狂了，要是有某些极端分子拒绝相信证据，他们的阴谋论还能让你的猫上好几天的花边新闻呢。

我的猫是网络明星了——然后呢？

如果你照本书的建议实行，那你和你的猫现在应该已经富有到你从不敢想象的地步。不过别误会了，你的工作可不是到此结束。套句已故名歌手“声名狼藉大人物”（Notorious B.I.G.）的歌词：“没钱，没烦恼。”这位大人物先生生前一定曾在某种程度上意识到，财富和名气将很快为他招来最大的麻烦——谋杀。你家的猫会面临同样的命运吗？你呢？当然，事情未必会如此发展。不过在你们培养出一批拥护者的同时，必定也会吸引一大群“loser”，觊觎你小心翼翼建构出的梦想。所以，你的工作就是像抓跳蚤一样，把这些人全都挑掉。

锵—
锵—
喵有钱
（钱进账
的声音）
$
$
喵有
烦恼

那些声称自己是……	其实是……
私人教练	毒贩
营养师	毒贩
造型师	毒贩
经纪人	皮条客
会计师	小偷
表演指导	服务生

不过，你家猫咪跻身明星殿堂之际，你要应付的可不只这些来占便宜的人和毒品贩子。在国际巨星这个高风险行业里，猫明星还可能会遭遇以下这些威胁：

名人间的恶斗 | 当然，你和你的猫对于它的性能力、它赚的钱、它优渥的生活以及对比其他猫明星的优越之处，会忍不住想吹嘘一下。但这种行为对于一个明星来说是惹人厌又不适当的，大人物先生当年也是因为这样才挨子弹的。

保持谦逊吧｜如果你非对其他名人做出严苛的批评不可的话，找那些不入流或已经过世的，像是演员唐·诺兹（Don Knotts）之类的，或者对一般大众来说已经过气的明星，譬如梅尔·吉伯逊（Mel Gibson）。总之在你攻击任何人之前，先确定他已经是“落水狗”了。

曝光过度｜仔细过滤代言的机会和角色，才是做生意的明智方法，什么钱都想赚是很危险的。不过大众是非常善变的，你们可能只是换个城市露面而已，你的猫就从热门变过气了。解决方法是：去度个假吧。

怀恨者｜这些人就是这样，见一个恨一个，看谁都不顺眼。所以，告诉你的猫咪和你自己，那些诋毁的人，只不过是一些失败的穷光蛋，自己没有出名的猫，也没能力去弄一只来。如果你家爱猫因为负面言论而显得沮丧，一定要好好地秀秀你是如何安慰它的。

职业倦怠｜必须不断督促你的猫咪持续努力，可能会让你感到非常受挫。你说不定会忍不住喂它一次安非他命，心想仅此一次，下不为例，但没多久后就变成平时喂镇静剂让它睡觉，周末喂兴奋剂当点心了。靠这种方法来确保工作按时完成，代价未免也太昂贵！所以你最好还是将所有拍摄或露面的工作，安排在猫咪每天两到三小时的清醒时刻。绝不要让它日夜加班，不过可以在工作合约里注明，确保提供毯子、枕头和垫子，让它在工作中也能睡觉。

同侪的嫉妒 | 因为你花大量心力在这位超级明星猫身上，你家中的其他宠物可能会感觉自己被忽略了。没多久后，它们就会开始摧毁你家的地毯，然后总有一天，某个邻居或亲戚会出一本爆料的书，控诉你是个糟糕的主人。所以要在问题萌芽阶段就把它解决，将所有不具表演能力的宠物全卖掉，并且要求买家签下保密契约，禁止他们靠你家猫咪的名气赚钱。

> 怀孕、毒瘾和情绪失控等疯狂的揣测，都是不错的选择。

八卦消息 | 想到你的熟人圈里，竟然有人会将你家猫咪的消息卖给《娱乐周刊》，真是让人伤心。不过，八卦消息也能让你赚到大笔的猫砂钱。怀孕、毒瘾和情绪失控等疯狂的揣测，都是不错的选择。记得一件事，有宣传就是好事，只要谨守名人和政客最常用的一个简单原则即可：否认，否认，再否认，最后道歉。

跟踪狂 | 这世界上总有一些疯子，这些人在人际关系或工作上找不到意义，需要用某种东西来填补可怕的空虚。这某种东西可能是你的猫——事实上，也就是你未来依赖这只猫所生的所有财富。不过这通常都仅止于他们的幻想而已。要是有位女士出现在你家门前，宣称她是你家猫咪的老婆，那就太过头了。所以你要防患未然，先设置好稳当的安全防护措施。雇一

名情报局出身的退休老兵，是不错的选择。或者在门口挂上老式的看店铃铛，只要有人想偷偷溜进门，你绝对会发现。

狗仔队 | 无情的狗仔队，是对名气的一大威胁，不过他们也能帮助你的猫在公众面前持续曝光。因此，只要离开家门，就要确保你的明星猫随时漂漂亮亮的，就算它只是到隔壁的猫砂盆去拉坨屎也一样。你本人也应该打扮体面一点，记得不论何时何地都要穿着正式的服装。

猫薄荷上瘾 | 在一整天的通告、出席公开活动、拍照，或许还为粉丝俱乐部签了一堆“足印”之后，想让猫咪放松下来不是件容易的事。在不知不觉中，它已经每天都要来点解压的猫薄荷了（俗称“翻滚薄荷”“猫草”“猫可卡因”“呼噜草”“猫咪爱人”和“嗨薄荷”）。规划合理的工作时间，让猫咪每天有好几次打盹的空档，加上健康的饮食、规律的运动，让猫咪释放自然的脑内啡，才是让它保持冷静和清醒的良方。偶尔需要消遣的时候，再让猫薄荷派上用场吧。

非自愿怀孕 | 拜托，人类，请为你的宠物进行绝育手术。你的猫赚来的钱会被这些宝宝花掉一大半。一窝小猫咪可以多达八只！要喂饱这么多张嘴不是件容易事。而且再过几个月后，每只小猫又可以各自生宝宝，到时你家猫咪的神奇基因就会像野火一样迅速传播，迟早它的重要特色就会变得平凡不引人注目。再者，一只性生活活跃的猫，是不太可能从迪士尼、家

① 喵哇
② 天花板猫
③ 三花杰克
④ 白须
①
②
③
④

乐福、联合健康保险这些重视家庭的企业手上拿到代言的。

精神崩溃｜不是所有的猫都适合出名。事实上，猫这种生物基本上都是很低调孤僻的，你若想把这样的动物硬拖到聚光灯下，就势必得付出一种代价：你家爱猫的心理健康。坦白说，这是你的错，你应该感到惭愧。不过也别惊慌，如果你的猫被发现精神恍惚地在街上闲晃，或在大庭广众下做出吐毛球之类的丑态，最好的方法就是推说是因为脱水的关系，然后发表道歉声明，不再让它抛头露面。等六到九个月后，就可以开始让它上演艰难而感动人心的复出戏码了。

我家的猫想炒我鱿鱼｜你的猫想维持和你的私人情谊，但要你滚出它的事业版图对吧，这就叫“碧昂丝抽身之计”，万一你的猫使出这招的话，你可小心别被杀个措手不及。碧昂丝的老爸当初就不该让他女儿嫁给杰斯（Jay Z）这样的大咖，他付出的代价除了他的孩子、事业，还有棘手的联邦账簿审计。幸运的是，比起其他亲属兼经纪人，你拥有一张他们所没有的王牌：你的猫是属于你的法定财产。要确定你手边有可以证明的领养记录或购买凭证，此外还要拟定几份完备的经纪合约，让你能完全掌控这只生物一辈子。

我的猫很爱耍大牌｜你亲手创造出一只有公主病的猫了吗？你的猫坚持猫砂盆里要洒金箔？喝的牛奶里要加珍珠粉？你的错误可能在于，你让猫误

警报

你的猫已经快抓狂了！

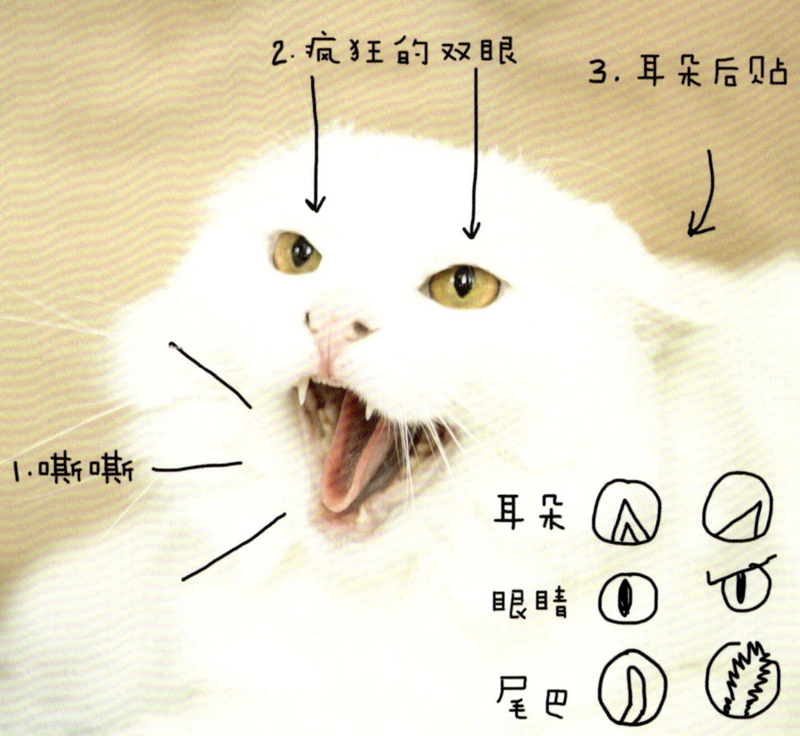

以为自己是无可取代的。解决方法是，去附近的动物收容所参观拜访一下，让它看看那里的笼子里有多少优秀的小猫咪都恨不得篡夺它的位子。

我的猫想摆脱我，争取自由 | 你的猫是不是曾经消失好几天，回来时胡子上沾着牛奶，脖子上还多了个你不认得的项圈？可别让你的金主去帮别人家发大财了。只要你手上已备妥所有需要的文件，它就没有机会将它的爱移转到另一个家庭，去那里享受没有人每天要它追着肉丸子下楼、爬进花瓶里的生活。如果必要的话，假造一些文件来增加你的胜算。

我和我的猫接下来将何去何从？

即便像你这样超级成功的明星经纪人，迟早也不得不承认，对于一只家猫你能做的也只有这么多了。在仔细地执行本书所列出的方针之后，你很可能有好几年都在网络人气猫的排行榜高居不下，这对一个网络明星来说，算是很不赖的了。曾经红极一时的网络图标“跳舞香蕉人”（dancing banana）以为自己荣景永在，但你现在还看得到它的踪迹吗？现在早就不是它的时代了。

东山再起不嫌晚！

当初小猫弥赛不小心在干衣机里睡着时，
所有人都以为它的事业到此为止了，
但没想到
三天之后，它的影片却比以前更受欢迎！

所以这样就结束了吗？在某方面来说，是的，但如果不要那么实事求是的话，也不算完全结束。至少，你可以继续记录你家猫咪可爱的滑稽行为，并且累积制成影片。总有一天，大众会再次乐意追随它的天赋，到时你可别措手不及。同时，你应该放缓推出新影片的速度，这样你才有足够的片子撑到下一次黄金年代的来临。实际的案例是，“弹电子琴的猫”（Keyboard Cat）的影片是在 20 世纪 80 年代拍的，但直到二十多年后才引起了轰动。要是它的主人持续拍摄，并且推出一系列的影片的话，谁知道会赚进多少钱？说真的，猫咪是永不过时的商品。

只不过，就算是最忠实的粉丝也终将对你的猫感觉厌烦。博客的流量会萎缩，留言会变得越来越敷衍，甚至怀有恶意。在带给世界这么多欢乐之后，你竟然落得恶意的评论！唉，还是至少保有些尊严离开吧。公告你的猫将正式退休，计划一系列两到三年的告别巡回演出，再出一张七拼八凑的精选辑和一本精装摄影集。也许可以招募一个基金会，创建一座纪念它璀璨网络生涯的小型纪念博物馆。耐心等待，过几年后它就可以加入网络怀旧红人的校园巡回演出了。

至于你，在你的猫过气后会怎样呢？你的梦想已经实现，大可开始享受赚来的财富，过着奢华的生活，不是吗？

不过，其实我很怀疑——因为你是个冒险家，明知不太可能成功，却赌上一切靠着猫影片赚大钱，这样的人是绝不会守着这笔钱就满足的。所以我猜，你会迫不及待想迎接新的挑战，一方面是因为你喜欢面对困难，另一方面应该是因为杂货店不肯再让你赊账。我说对了吗？既然如此，我们就快点结束这个话题，为你下一次大胆的冒险行动提供一些建议吧。

经营一个童星 | 对于大自然中这种靠着肤浅的可爱和一点点天分来支撑短暂事业生涯的坏脾气异类，你已经知道应付的方法，所以何不稍微提高一下层次，改经营童星试试看？有部分技巧是你必须抛弃的，像是利用食物作为牵制，或让他们睡在箱子里等，不过大多数技巧是可以顺利保留的，譬如利用喷水来抑制负面行为。

要试试山羊吗？ | 在这本书付印的同时，Google 趋势报告显示山羊的搜索量急遽攀向高峰，而且根据某些报告，甚至超过了猫的搜索量。山羊还有一个附加的优点，拿空罐头和袜子喂它们就可以了。

树懒也不错 | 曾经一度被视为懒惰迟钝象征的树懒，逐渐被大众觉得可爱，让人想抱一下，而且还很炫。优点：它们不会在你拍影片时跑来跑去。缺点：它们还是有可能会咬你或抓伤你，尽管速度非常非常缓慢。

再找一只新的猫 | 既然你有能耐创造一整个帝国，干吗不多经营几只猫呢？

吃空罐头

吃树叶

吃你的梦想

吃掉竞争者

如何辨识你家爱猫的特殊天赋

借由让你家爱猫在网络上大受欢迎，而踏上成名和经济独立的光辉道路，感觉似乎可望而不可及。但已经有数十只猫因为施行本书中列出的实用原则，成功地跻身名猫殿堂。所以每当你感觉挫败时，就来看看这份神圣的名猫名册吧，这些猫都是货真价实的英雄，能起到激励我们所有人的效果。

鸡汤面条猫

真名：丁奇（Tinky）

家住得州拉伯克的饲主班·弗利兹，在第一次逮到他淘气的虎斑猫从鸡汤碗里捞面条时，首先的反应当然是勃然大怒。但是等他用智能手机将犯罪场景记录下来给动物行为治疗师看后，才发现挂着鸡蛋面的猫影片还真是娱乐性十足。从那时开始，鸡汤面条猫便从两百多部网络影片中脱颖而出，最近更拿下塔巴奇尼克牌（Tabatchnick）单包装冷冻鸡汤的广告代言合约。

臭脸猫

本名：克莱德（Clyde）

你也许曾经收到过一封电子邮件，主角就是臭脸猫，配上它招牌的嘲讽评语："对啦……最好是！"或是"干得好啊，白痴。"或"喵，这次我可没开玩笑。"而印有它傲慢表情的T恤、马克杯和浴帘，更是到处可见。臭脸猫甚至还在"CSI 犯罪现场"的网络试播宣传剧《宠物相关小犯罪》中露过面。

双尾

本名：小雾（Misty）

内华达州卡森市的安·王碰上了一只让她一筹莫展的无聊猫，这只猫完全做不来任何有趣的行为。但是安并没有让自己的梦想因此受到阻挡，她只不过在她的猫身上加了一根假尾巴，堂堂一只双尾猫从此诞生！一切猫的普通行为——吃饭、追玩具、睡觉——发生在双尾猫身上，都变得迷人无比，这可是经过百万粉丝验证的。

绒绒猫

本名：绒绒（Fluff）

要是你的猫可爱得不得了，小孩子一看到就忍不住想拍拍它，但它又非常凶恶，一有胖嘟嘟的小手指进入视线范围就会狠狠咬下去，你该怎么办？俄亥俄州的艾丝黛拉·史密斯，记录下事发经过，将血淋淋的负面行为转变为赚大钱的好事。愤怒绒绒猫系列影片引起了大量的关注和争议，证明杀手和可爱宝贝的特质是可以并存的。

卡车司机的好哥们儿

本名：保罗（Paul）

要是你一大得开十个小时的卡车运送钻孔器械，那么一个不太多话又能在你睡觉时赶走老鼠的同伴，实在是不可多得的好帮手。不过当大块头艾德·布朗开始利用社交媒体分享爱猫的照片后，这只“卡车司机的好哥们儿”就变成了他提早退休的门票。相信你一定看过戴着卡车司机帽的好哥们儿照片，旁边配上爆笑的句子像是“我还宁愿吐毛球咧”、“好日坏日……都离不开猫砂盆”。

不颠倒猫

本名：贝拉（Bella）

玛莎·纽泰拉有一个梦想，她想训练她的猫四只脚朝天仰躺，让她拍摄名为“颠倒猫”的影片。这计划听起来蛮可行的，只不过她的反骨猫拒绝配合。有些人可能会就此放弃，但玛莎突发奇想：她拍下直立站好的猫，然后利用编辑软件将猫以外的所有东西都颠倒过来。“不颠倒猫”也从此昂然傲立在这颠倒混乱的世界中，成为独树一帜的冠军。

恐鸟猫

本名：史巴兹（Spazz）

发生在恐鸟猫身上的倒霉意外，我们所有人都感同身受。它在影片中，正自顾自吃点心、穿过走廊、舔脚掌……然后在毫无预警的状况下，天外一只闯入者冲入镜头，挑起它心中最大的恐惧。只见恐鸟猫弹跳到墙壁上，在家具上跌跌撞撞，惊慌地企图躲避。这些举动像是反射出我们所有人心中的焦虑和恐惧。哦，恐鸟猫，你能战胜心魔吗？那我们人类呢？

拜拜猫

本名：手套（Mittens）

佛罗里达州的布兰达·布罗斯训练她的猫咪“手套”听指挥关门，从此改变了自己的一生。拜拜猫当着人类面前“砰”地甩上门的系列影片一夕爆红，因为我们所有人在碰上无聊的谈话或讨厌的客人时，谁不想这么做呢？于是传教士、户口调查员、无聊邻居、乏味的亲戚，全都成了拜拜猫“关门政策”的受害者。它最有名的口头禅“拜拜，祝你倒霉”，还成了蛋糕装饰的热门佳句。

图书在版编目（CIP）数据

我家猫大人不可能这么可爱 / (美) 帕特里夏 · 卡林著 ; (美) 达斯廷 · 芬斯特马赫摄影 ; 殷丽君译 . -- 北京 : 中信出版社, 2017.1

书名原文 : How to make your cat an internet celebrity

ISBN 978-7-5086-6631-0

Ⅰ . ①我… Ⅱ . ①帕… ②达… ③殷… Ⅲ . ①散文集 – 美国 – 现代 Ⅳ . ①I712.65

中国版本图书馆 CIP 数据核字 (2016) 第 204686 号

HOW TO MAKE YOUR CAT AN INTERNET CELEBRITY : A GUIDE TO FINANCIAL FREEDOM

by PATRICIA CARLIN AND DUSTIN FENSTERMACHER

我家猫大人不可能这么可爱

著　　者 : [美] 帕特里夏 · 卡林
摄　　影 : [美] 达斯廷 · 芬斯特马赫
译　　者 : 殷丽君
策划推广 : 中信出版社（China CITIC Press）
出版发行 : 中信出版集团股份有限公司
（北京市朝阳区惠新东街甲 4 号富盛大厦 2 座　邮编　100029）
（CITIC Publishing Group）
承 印 者 : 北京华联印刷有限公司

开　　本 : 880mm × 1240mm　1/32　　印　　张 : 4　　字　　数 : 64 千字
版　　次 : 2017 年 1 月第 1 版　　印　　次 : 2017 年 1 月第 1 次印刷
京权图字 : 01–2016–8335　　广告经营许可证 : 京朝工商广字第 8087 号
书　　号 : ISBN 978–7–5086–6631–0
定　　价 : 48.00 元

图书策划 : 楚尘文化

服务热线 : 400-600-8099
投稿邮箱 : author@citicpub.com